丸戸史明＝著
深崎暮人＝イラスト

冴えない彼女《ヒロイン》の育てかた FD2

加藤宏美
【かとう・ひろみ】
Hiromi Kato

JN230370

Saenai heroine no sodate-kata. FD2

Presented by Fumiaki Maruto
Illustration : Kurehito Misaki

冴えない彼女《ヒロイン》の育てかたＦＤ《ファンディスク》２

丸戸史明

ファンタジア文庫

2792

口絵・本文イラスト　深崎暮人

目次

blessing software

メンバー名簿

原画・グラフィッカー

シナリオ

企画・プロデューサー・ディレクター

音楽

メインヒロイン

Saenai heroine no sodate-kata. Fan Disk 2

Saenai heroine no sodate-kata. FD2

Presented by Fumiaki Maruto
Illustration : Kurehito Misaki

SPA iLLUSiON

「ふぅ〜、朝の温泉っていうのも気持ちいいね、英梨々《えりり》」

「……ううぅ」

秋真っ盛りの高原の朝には、もう肌寒《はだざむ》ささえ感じさせる冷たい空気が張りつめていた。

「ちょっと予算的には厳《きび》しかったけど、来てよかったですね、霞ヶ丘先輩《かすみがおかせんぱい》」

「……うぷ」

けれど今、彼女たちがいるその場所には、その冷たい空気をぬくぬくと温める白い湯気が漂《ただよ》っている。

「お風呂《ふろ》出て朝ごはん食べたらもう出発かぁ……なんだか、まだ帰りたくないね、氷堂《ひょうどう》さん」

「……あだだだだ〜」

「……ねえみんな、こっちの声聞こえてるよね？　わたしそこまで存在感薄《うす》くないよね？」

それは、とある温泉旅館の、午前六時の露天《ろてん》風呂。

その、とてもリゾート感と贅沢《ぜいたく》感漂う場所と時間は、今はたった四人の女子だけのものだった。

「あんまり大きな声出さないでよ恵《めぐみ》……頭に響《ひび》くじゃない」

金髪《きんぱつ》ツインテールで絶対領域アピール用ニーソックスを装備した（なお今は入浴中なのでニーソ未装着）幼なじみ系偽装《ぎそう》お嬢様《じょうさま》、澤村《さわむら》・スペンサー・英梨々。

「あれしきのウ○スキーボンボンで、情けないわね澤村さん」

黒髪《くろかみ》ロングで美脚《びきゃく》強調用黒ストッキングを装着した（なお今は入浴中なので黒スト未装着）先輩系毒舌優等生、霞ヶ丘詩羽《うたは》。

「あんたもさぁ、そんな真っ青な顔で人のこと馬鹿《ばか》にしてる場合じゃないでしょうが……」

ちょっと癖《くせ》のあるショートヘアで、ソックスやストッキングどころか普段《ふだん》あまり服を装着しない（なお今は入浴中なので堂々と未装着）イトコ系無防備スキンシップアーティスト、氷堂美智留《みちる》。

「飲みすぎ……じゃなかった、食べすぎだよ、みんな」

そして、現在はポニーテールで、ファッショナブルに様々な服を上手に着こなすため特徴《とくちょう》を一言で表現し辛《づら》い（もちろん今は何もかもが未装着）一応同級生系フルフラットノーマル少女、加藤《かとう》恵。

なおこの四人がなぜ朝から温泉旅館の露天風呂に入って素肌を晒《さら》しているかについては、

このミニ小説がＴＶアニメ『冴《さ》えない彼女《ヒロイン》の育てかた』Blu-ray&DVD第一巻のブックレットに収録された作品という事情を鑑《かんが》みて『アニメ○話見てから読んで』の一言で説明の代わりとさせていただく（普《ふ》通《つう》に説明するのとあまり文字数は変わらない）。

「そんなこと言ったって、霞ヶ丘詩羽が煽《あお》ってくるからつい……」

ほとんど昨夜の記《き》憶《おく》を失っている英梨々だったが、『アルコールを分解する機能は胸に集中しているから澤村さんは無理しない方がいいわ』などという誰《だれ》かの出鱈目《でたらめ》な学説だけはかすかに記憶に残っていた。

「とはいえ、そもそもウイ○キーボンボンを持ち込んだのは澤村さんでしょう？」

ほとんど昨夜の記憶を失っている詩羽だったが、英梨々の二つのトラベルバッグのうち一つがお菓子《かし》オンリーで、そのことから彼女のこの合宿に賭《か》ける並々ならぬ意気込みを感じて頭を抱《かか》えたことだけは覚えていた。

「にしても美味《おい》しかったよね～。あたし初めてだったけど、一粒《ひとつぶ》食べたら『飛んじゃう～』って感じだったよ」

「氷堂さんは一粒どころか一箱空けてたけどね……」

そして、昨夜の記憶をしっかり残しているはずの恵は、いったい何度、美智留が脱《ぬ》ぎ出した浴衣《ゆかた》を着せ直す羽目になったかだけは、もうおぼろげにしか覚えていない。

「それで恵、昨夜っていったい何があったんだっけ？」

「なんだか、気がついたら雑魚寝《ざこね》していたのだけれど」

「そうそう！　起きたらさっむいの～！」

「へぇ、みんな本当に覚えてないんだ……それはよかったね、安芸《あき》くん的に」

「あたし、なんだかとても重要なモノを見たような気がするんだけど……」

「私は、見ただけでなく触《ふ》れたような気が……」

「あたしは『そんなの昔っから見てるもんね～！』って強がってたような気が……」

「ねぇみんな、本当に覚えてないんだよね？　それ仕込みじゃないよね？」

なお、昨日の深夜に何があったかについても『アニメ○話見てから読んで』の一言で（ry

「えっと、そんなことよりも、せっかく今は女子だけなんだし、もうちょっと女子会っぽいこと話さない？」

とりあえずの話題そらし……ではなく、ようやく皆《みんな》の酒が抜《ぬ》け……でもなく、元気が戻《もど》ってきたのを見計らって、恵がさらに盛り上げようとする。

しかし……

「あたし友達と普通の会話したことない」

「私は友達なんていないし」

「本当にいいの？　偏差値《へんさち》の低い女子高の下品で救いようがなくて身も蓋《ふた》もないネタやっちゃっていいの？」

「え、え〜」

どうやらここには、恵のイメージする普通の女子は存在しないようだった。

「だいたい恵、なんで急にそんな無理っぽいネタ振《ふ》りするのよ？」

「だ、だってほら、『このシリーズは毎回ヒロインたちの隠《かく》された魅力《みりょく》や可愛さを描《えが》く』って企画概要《きかくがいよう》にも書いてあることだし」

「なんの企画概要なのよそれ？」

「そ、それはえっと……ア○プレの……じゃなくて、わたしたちの作るギャルゲーの、かな？」

「どうして疑問形？」

それはそうと、そういう細かいことを詮索《せんさく》するのはいくら魅力的で可愛いヒロインのワガママだとしても是非《ぜひ》やめていただきたい。

「まぁ、そんなふうに私たちに普通の女子会は無理だし……だったら、二次元コンテンツ的女子会でもしましょうか？」

「二次元コンテンツ的……？　あの、霞ヶ丘先輩、それってどういう……」

「ほら、アニメやギャルゲーでの温泉イベントといえば、アレでしょう？」

「アレ……ですか？」

と、詩羽は妖《あや》しげな笑みを浮《う》かべると、両手をお湯から出し、わきわきと開いたり閉じたりしながら三人の女子の品定めを始める。

「な、なに……っ？」

そして、その蛇《へび》のような視線が、ことさら白い肌《はだ》を持つ金髪の少女にしっかりロックオンされる。

「澤村さん……」

「ちょ、ちょっと、霞ヶ丘詩羽っ……あんた目がヤバいわよ？　何よどうしたのよ？　まだ昨夜のが抜けてないの？」

わずかにお湯の表面が泡立《あわだ》つと、詩羽の体が滑《なめ》らかに前に進む。

そしていつの間にか英梨々との距離《きょり》を、あと数一〇センチに縮めると、さらに妖艶《ようえん》な笑みを浮かべ……

そして、すぐに平静を取り戻す。

「……駄目《だめ》だわ、アニメやギャルゲーでの温泉イベントといえば、女の子同士で胸を揉《も》みしだいて『うわぁ英梨々ちゃんの胸柔《やわ》らか～い♪』などとキャッキャウフフするものだけれど、この平板で鋼鉄のような胸を触《さわ》ったところで……」

「人の胸をディスるためだけに長い前フリすんのやめなさいよ～～～っ！」

もう一人の方がとてもとてもエキサイトしたのと対照的に……

「だ、だだだだだいたい人の胸に不満があるなら、氷堂さんとか恵にやればいいじゃない！」

「けれど氷堂さんだと確実にカウンターで返されて自分が揉まれるし、加藤さんにそんなことしても『あ、早く済ませてくださいね』って言われておしまいだし」

「あのすいません霞ヶ丘先輩。わたしいくらなんでもそんな反応はしないですから」

「けれど加藤さん、二次元コンテンツ的温泉イベントでもないノーマル女子会なんて、こんなコミュ障の集まりにとってはハードル高すぎるのではないかしら？」

「ちょっと！　あたしはちゃんと偽装できるくらいにはコミュ力あるわよ！」

「あたしなんて友達とバンド組んでるし。本物のコミュ障ってセンパイだけじゃないの？」

「…………私は別に人とコミュニケーションが取れないのではなくて、周囲にあまりにくだらない人間が多すぎるが故《ゆえ》にその必要性が感じられなくなってしまっただけで、言わばこれは創作の神に与《あた》えられた才能の代償《だいしょう》というか天才の孤独《こどく》というか……っ」

「あ〜はいはいごめんなさい霞ヶ丘先輩、わたしが悪かったですから謝りますから機嫌《きげん》直してくださいね」


「それで、えっと、リアルの女子会の会話ってどんなのよ恵？」

「それはほら、えっと……だからファッションとか、お買い物とか……」

「ネタは何でもいいから、とにかく自説を曲げずに、相手に否定されたら感情論で相手の人格まで否定して、さらに他の友達を味方につけて敵対する相手をハブって陰湿《いんしつ》にいじめれば女子会っぽくなるのではないかしら」

「……わたしさっき謝りましたよね霞ヶ丘先輩？」


「あ、あたしたちのバンドだったらさ、やっぱ男のコの話が多いかね〜」

「お、男の子っ⁉」

と、そんな中で、満を持《じ》して美智留の口から出てきた（ラブコメ的）定番に、英梨々がいきなり湯あたりでもしたかのように、全身を赤く染める。

「そうそう、だいたい一人だけ彼氏がいるエチカの自慢話《じまん》がメインなんだけどさ、まぁいつもいつも、よくもそんなくっだらないこと嬉《うれ》しそうに話すな～って……まぁみんな、半分くらいやっかみでツッコミ入れまくって盛り上がっちゃってさ～」

「男の子……ねぇ」

「でもわたしたちが共通で話題にできる男の子って……」

そんな二人の盛り上がりに少しだけ後《おく》れを取った詩羽と恵が、朝焼けの空に思いを馳《は》せたその顔はまったく同じで……

「あ、そうだ、そういえば安芸くん、先週末やっと『琥珀《こはく》色コンチェルトFD《ファンディスク》』のイベント限定版手に入れたらしいよ？　なんでもコミケの時は数量限定がキツすぎて徹夜《てつや》組ですら買えなかった超《ちょう》レアアイテムなんだってさ」

「恵……」

「加藤さん……」

「それ男の子の話題っていうかなぁ加藤ちゃん……」

「あ、えっと、ごめんなさい。最近、サークル活動が生活の中心になっちゃったせいで、わたしまで普通の会話の仕方を忘れてるみたい……」

「けど、恵じゃないけどさぁ、やっぱりあたしたちが男の子の話題って無理があり過ぎるわよ……」

「確かに……なにしろ共通の話題に挙げられるのは一人しかいないものね」

「それも、完全な二次元オタクだしね～」

先ほど詩羽と恵の脳内に同時に浮かび上がった一人の眼鏡男子の顔は、今や四人全員の脳内に鬱陶《うっとう》しく共有されていた。

「……で、本当にアレの話で盛り上がれっていうの恵？　どうやって？」

「え、え～と……それはほら、ねぇ？」

「だいたい、あっち《倫理君》は二次元の、しかも全年齢《ねんれい》向けコンテンツにしか興味ないわよ？」

「すいません霞ヶ丘先輩《せんぱい》、その全年齢云々《うんぬん》っていうの問題にするところですか？」

「卓球《たっきゅう》でもプロレスでも何一つあたしに勝てないし～」

「少しだけ体力勝負から離《はな》れてみたらどうかな氷堂さん？」

「けどやっぱり、あんな自分勝手でデリカシーがなくて人の気持ちなんか全然わからない、悪い意味での典型的オタクのことなんかで盛り上がれる訳ないわよ」

「そうね、作家の想《おも》いとか意図とかを無視して、ただ提供したものをブヒブヒ消化して自分の中だけで完結してしまう消費豚《ぶた》のことなんか語るに値しないわ」

「そうそう、自分の都合だけ押しつけて勝手に突《つ》っ走って、こっちにその気がないのに無理やり巻き込んでくるワガママ野郎《やろう》のことなんか知らないよ」

「みんな語ってるから語ってますから」

「ちょっと喧嘩《けんか》したからって八年も根に持つし」

「ヘタレなくせに意地っ張りなんだから」

「子供の頃《ころ》は芯《しん》の強いところもあったのに、軟弱《なんじゃく》に育っちゃってさ〜」

「あ、あはは……」

「それに、人の頑張《がんば》りを認めようとしないし……どうしてあたしがあいつにとってナンバーワンイラストレーターじゃないのよっ」

「別に、彼にとってのナンバーワン作家になったって何もいいことなんかないわよ……どうせ作品しか愛してくれないいんだから」

「そうそう、口じゃすっごく情熱的に求めてくるんだけどさ〜、それってあたしじゃなくて音楽に対してなんだよね〜。あの勘違《かんちが》いさせる言い方がまたムカつくんだ〜」

「……ちょっと待って、その『情熱的に求めてくる』ってなに？」

「……その時の口説《くど》き文句を是非《ぜひ》詳細《しょうさい》に教えて欲しいわね氷堂さん」

そして、ようやく露天風呂《ろてんぶろ》の中に、女の子同士のちょっと際《きわ》どい会話が溢《あふ》れ始める。

「なっ⁉」

「お、お前が……欲《ほ》し、欲し……っ？」

「ね～？　そんなこと言われたら絶対カラダ目当てだって思うじゃん？」

「ちょっとちょっとそういう直接的なこと言わないでよ氷堂美智留っ！」

「言われたの？　本当にそれ言われたの氷堂さん⁉」

「あ、あ～、えっと、二人とも……？」

　しかしそれは、ちょっとと言うにはちょっと語弊《ごへい》があり……

「でもさ～、結局それってあたしの曲のことで……」

「お、お前が……お前が欲し……欲し欲し欲し……っ」

「倫理《りんり》君が倫理を逸脱《いつだつ》……絶倫理君リアルに顕現《けんげん》……？」

「あ、あの～、今は一応誰《だれ》もいないけど、ここ公共の場なんですが」

「なんでっ、なんであたしじゃなくてなんであんたなのよ氷堂美智留っ！」

「やっぱりイトコ同士だからなの？　ちょっとふざけてじゃれ合っているうちになんとなく変な雰囲気《ふんいき》になっちゃって『ね、そういえば今日おばさんたち遅《おそ》いんだよね？』みたいに目配せしあっちゃってみたいな……っ」

「い、いや～、やっぱそなのかな？　トモもちょっとだけ本音《ほんね》入っちゃってたりしたのかな？　あ、あは、あははは～」

「…………あのヘタレ倫也《ともや》に限ってそんな訳ないでしょ」

「…………勘違いも甚《はなは》だしいわねこの尻軽《しりがる》アーパー娘《むすめ》は」

「あんたたちが勘違いさせるように仕向けたんじゃん⁉」

それはアニ〇レの……いや恵の求めた『ヒロインたちの隠《かく》された魅力《みりょく》や可愛さ』ではなく、美智留の言っていた『偏差値《へんさち》の低い女子高の下品で救いようがなくて身も蓋《ふた》もないネタ』そのもので。

「あ～もう、埒《らち》が明かないっ！　じゃ、そん時のこと、今から直接トモに聞きに行こうじゃないのさ～」

「望むところよ氷堂美智留！」

「あなたのその、イトコだから何でもアリという上から目線、根元からぽっきりと叩《たた》き折ってあげるわ」

「数時間前に同じことやったばかりだよね……？　あとみんな立ち上がるならせめてタオルで前隠して……」

思い切り全身を紅潮させた三人は、湯船に膝《ひざ》まで浸《つ》からせたまま仁王《におう》立ちとなり激しく睨《にら》み合う。

「大丈夫《だいじょうぶ》よ恵……今度はシラフだから」

「大丈夫じゃないよねのぼせてるよね正常な判断できてないよね英梨々」

「今度こそ、あの時見て触《ふ》れたはずのモノをちゃんと記憶《きおく》に焼きつけてみせるわ……」

「絶対覚えてますよねとっくに記憶に焼きつけてますよね霞ヶ丘先輩」

「よ～し、朝からみんなでどろどろのぐっちゃぐちゃだ～！」

「お願いだからそうやって二人を余計に挑発《ちょうはつ》しないで氷堂さん……」

全身から湯気を立ち昇《のぼ》らせているのは、お湯の熱さのせいなのかそれ以外の理由なのかは、誰にもわからない、きっと、多分。


「だ、だいたい、夜中に二度も叩き起こすの、さすがに安芸くんに悪いよ……」

「そ、そっか……それもそっか……」

「でも、もう夜も明けたし、起きている可能性もあるわよね？」

「それはさすがに無理ですよ……だって、安芸くんが部屋に戻《もど》ったの五時過ぎですよ？」

そんな高まってしまった熱気を覚まそうと、恵は三人を粘《ねば》り強く説得する。

しかし……

「……なんでトモが部屋に戻った時間を知ってんの加藤ちゃん？」

「え？」

ことを穏便《おんびん》に収めようとするあまり、致命的《ちめいてき》なミスを犯した。

「そういえば、おぼろげに覚えてるけれど、あなた部屋に戻ってきたの、朝の五時くらいよね？」

「え？　え？」

「め、恵……？　どういうことなの……？」

「え？　え？　え？」

「あれ、なにこれ？　ど～ゆ～ことかなこれ～？」

「そういえば四天王の中によくいるわよね……いつも穏《おだ》やかで皆《みんな》のまとめ役みたいな顔して、実は裏でド汚《ぎたな》い裏切り工作を働いてる奴《やつ》って……」

「そ、そんな、恵……親友だと思ってたのにっ⁉」

「いやいやいやないですから。みんなの思ってるようなことは全然、全く、これっぽっちもありませんから……」

とてもとても身の危険を感じ、今度は恵が（なんとかタオルで前を隠しつつ）立ち上がる。

しかし……

「逃《に》がさないよ加藤ちゃん……」

「ひょ、氷堂さん……」

四天王一の武闘《ぶとう》派、美智留が素早く恵の正面に回り込む。

「諦《あきら》めるのね加藤さん……あなたにはもう、逃げ場はないわ」

「か、霞ヶ丘先輩……」

さらに四天王一の知略派である詩羽が、巧妙《こうみょう》に恵の背後に回り込む。

こうなるともう、裏切りがバレ……いや誤解された恵には打てる手などなく……

「さあ、後は親友のあなたがケリをつけるのよ……やっておしまい！　四天王最弱！　澤村・スペンサー・英梨々！」

「恵ぃいいい〜！！！」

「ちょっと英梨々、今あなたさりげなくディスられ……きゃあああ〜」

そしてとうとう、読者待望のくんずほぐれつのキャッキャウフフなイベントが始まった（ページ数の関係により詳細《しょうさい》な描写《びょうしゃ》は割愛《かつあい》させていただきます）。

※　※　※

「うぅぅぅ……」

そして数分後。

湯船には、ぷかんと浮《う》かんだ裏切り者の末路が。

「み、みんな……さすがにこれはちょっとやり過ぎじゃないかなぁ？　ううう……」

「いや～、でもさぁ、今日はきちんとキャラが立っててよかったよ～加藤ちゃん」

「そうよね、まさかあんなにちゃんとリアクションするなんて……あなたのことだから、てっきりスマホをいじりながら『あ、もう終わりました？』って淡々《たんたん》と聞いてくるかと思っていたのに」

「あのすいません、今のわたし本気で怒《おこ》ってもいいと思うんですけどどうでしょう？」

「う、うう……ひどいよ、ひどいよ恵ぃ……」

「あと英梨々は早くシラフに戻ろうね？」

まぁそれでも、そんな激しい拷問《くすぐりのけい》をなんとか耐《た》え抜《ぬ》いた恵は、その赤く染まった肢体《したい》を湯船に沈《しず》めつつ、ほうっと色っぽいため息をつく。

「あ～……図《はか》らずもいい運動しちゃったし、朝ごはん美味《おい》しく食べられそう……」

「それにしても、今日はなかなかめげない……いえ、ずいぶん前向きね、加藤さん」

「そりゃ、今の仕打ちなんて前向きにとらえないとやってられないじゃないですか」

「そうじゃなくて、この合宿に来てから……うぅん、最近のあなた、ずっと……」

「あ～……はい」

詩羽のその指摘《してき》は、英梨々にも美智留にも、そしてきっと、倫也にも思い当たるものだった。

この合宿を発案したのは、もちろん倫也だった。

けれど、合宿が決まってから、主《おも》に動いていたのはほとんど恵だ。

ロケ地の選定、旅館の手配、日程の調整……

すぐに夢を語り出し話題を発散させてしまう倫也を冷静にサポートし、男子が思い至らない女子の事情を織り込み、今もこうして皆の緩衝《かんしょう》材になろうとして……まぁちょっとばかり波風を立てる方に回ってしまったけれど。

「だって、楽しいじゃないですか」

「恵……」

それでも、きっとあったはずの苦労をおくびにも出さず、今もフラットに、けれど穏やかな笑顔で、応《こた》える。

「なんか学園祭の準備がずっと続いてるみたいで、面白《おもしろ》いじゃないですか」

「まぁ、多分完成に近づくにつれて、今まで以上の地獄《じごく》が始まるけれどね」

「でもきっと、その地獄を乗り越《こ》えたら、ものすごく嬉《うれ》しい気持ちになれるんですよね？」

「加藤ちゃん……」

「だから英梨々も、霞ヶ丘先輩《せんぱい》も、それに氷堂さんだって、クリエイターっていうの、ずっと続けてるんですよね？」

そんな恵の笑顔を見て、誰もが思った。

その穏やかで迷いのない表情は、そう、今や死語にもなりかけている、良妻賢母《りょうさいけんぼ》とかいう絶滅《ぜつめつ》種のような……

誰の、という話はまた波風が立つから誰も口にしなかったけれど。

「だからあと二か月……頑張《がんば》ろうね？　みんな……」

「そうね、この合宿でビジュアルイメージ固まったし……帰りの電車の中で、ラフ起こそうっと」

「最終決戦シナリオ、頭の中で固まったわ……東京に帰る頃《ころ》にはプロットに落とせているはずよ」

「あ、じゃああたしも新幹線の中でエンディング曲作ろうっと！」

「って、あんたギター持ってきてないじゃない」

「あ〜、くそっ、もどかしいなぁ！　じゃあ帰りの電車の中で忘れないようにずっとメロディ口ずさんでようっと！」

「絶対やめてよね」

「やるなら一人だけ別の席取りなさいよ」

「え〜、ひど〜い！」

「あはは……」

そんな恵の気持ちが乗り移ったのか……

今や、四人が全員、同じ表情をしていた。

朝の光が露天風呂《ろてんぶろ》の中に差し込んでくる。

その光を眩《まぶ》しそうに浴びながら、彼女たちは、最後だけ、静かに誓《ちか》う。

「作るわよ、あたしたちで……最強のゲーム」

「ま、私のシナリオがあれば大丈夫ね」

「あたしの曲で、みんな泣かせてあげるよ」

その横顔は不敵で、強く、そして頼《たの》もしく恵には映った……

「うん、これなら大丈夫だよね。わたしたちのサークル、空中分解なんてしないよね」

「…………」

「…………」

「え、ちょっと待って？　なにその間？　しないよね？　みんなずっと一緒《いっしょ》だよね？」

澤村《さわむら》・スペンサー家の休日

「英梨々《えりり》？　もう起きてたの？　今日は早いわね」

「あ、ママ……おはよ」

　新学期も始まり、春爛漫《らんまん》な土曜の早朝。

　暖かで、ついつい寝坊《ねぼう》しそうな陽気の休日にもかかわらず、英梨々はすでにリビングのソファーに腰掛《こしか》けてテレビ画面に向かっていた。

「お、エリリ、おはよう！」

「パパもおはよ」

　広い……本当に広くて豪奢《ごうしゃ》なリビングには、休日の早朝ということもあり、いつもならとっくに入っている使用人もまだ姿を現していなかったけれど、どういうわけか親子三人で仲良くリビングのテレビに見入っていた。

　正確には、英梨々の操作しているゲームの画面に。

「それで、何をプレイしているの？」

「ん～、『琥珀《こはく》色コンチェルト』のＰ○３版」

「おお！　それならパパ、オリジナルのPC版持ってるよ！」

「知ってる。あたしも借りてプレイしたし」

普通《ふつう》の親子なら『何やってるの？』『ゲーム』『ふ〜ん』で済んでしまいそうな会話だけれども、そんな普通をこの親子に求めてはいけない。

とはいえ、その『普通じゃない』というのも、別に彼らがエリート外交官の日英国際一家だからという理由ではなく……

「ええっ⁉　PC版ではおまけのエロシーンすらなかった○学生の妹が攻略《こうりやく》対象になった追加シナリオがあるのかい⁉」

……あと、父親がマ○オさんみたいな境遇《きょうぐう》や口調だからでもなく。

「けれどあなた、コンシューマー版ということはエロシーンもカットされるということよ？　いくら追加シナリオの出来が良くても、『琥珀色コンチェルト』のようにストーリーとエロが密接に結びついている作品では魅力《みりょく》半減ではないかしら？」

「いや、しかし気になるよ……何しろPCエロゲー版だと妹はいつも主人公のことを嫌《きら》っていたからね。一体どうやってそういう展開に持っていくのか目が離《はな》せないね！」

「……えっと、全キャラクリアしないと追加シナリオには入れないから、今すぐ見せろと言われても困るよ？」

ただ、親子揃《そろ》って救いようのないオタク一家だったから……

レナード・スペンサー。

その、サーとかウィンストンとか付けたらチャーチルになってしまいそうな格調高い名前を持つ澤村・スペンサー家当主の英国人は、萌《も》え豚《ぶた》である。

平日はイギリス外交官としての職務にまい進し、その地位に相応《ふさわ》しい格調高い居住まいを見せるものの、休日ともなればチェックシャツとGパンを身にまとい、単なるオタク外国人観光客にしか見えないオーバーアクションで秋葉原《あきはばら》の街を闊歩《かっぽ》する。

もちろん背中のディパックには特大ポスター筒《づつ》のビームサーベルを挿《さ》すことも辞さない。

二〇年以上の歳月を日本で過ごしているため、あまりに流暢《りゅうちょう》な日本語を操《あやつ》り、さらに『オタクコンテンツを楽しむなら日本語さえ理解していれば十分』などという教育方針(?)のせいで、娘《むすめ》の英語の成績がちっとも上がらないことについてどう思っているのかは永遠の謎《なぞ》だ。

澤村小百合《さゆり》。

その、どこか往年の大女優を思わせる昔ながらの美麗《びれい》な名前を持つ澤村・スペンサー家の主婦は、腐女子《ふじょし》である。

平日は外交官夫人として夫を支え、その家庭環境《かんきょう》に相応しい格調高い居住まいを見せるものの、休日ともなれば派手な和服で着飾《きかざ》り、イベント会場やライブ会場ではっちゃける、年齢不詳《ねんれいふしょう》の名物お姉さんとして名を馳《は》せている。

ト○ーパーや○翼の頃《ころ》から同人をやっているという年季の入った腐《くさ》りっぷりで、さらにBLだけでなくロリも熟女も（作風だけでなく自分のキャラ設定まで）何でもこなす懐《ふところ》の深さのせいで、娘の趣味嗜好《しゅみしこう》がとんでもなく成年向けになってしまったことについてどう思っているのかは永遠の謎。

そして澤村・スペンサー・英梨々。

そんな、高級食材を腐らせたような両親のDNAを忠実に受け継《つ》ぎ、人形のような完璧《かんぺき》な容姿と、その容姿に不釣《ふつ》り合いな、あまりにもアレな性格と作風を持つ、女子高生同人作家である。

「あれ、エリリ？　確かそこの選択肢《せんたくし》はかなり重要じゃなかったかい？」

「知ってるわよパパ。あたしだって何回もプレイしたんだから」

「知っててそっちを選ぶぶってことは、学園編に行くってことなのかい⁉　『琥珀色コンチェルト』のキモは何といってもお屋敷《やしき》ヒロインズじゃないか！」

「そんな評価をしているのはあなただけよ。お屋敷編なんて、女の子がエロいだけでシナリオなんかスッカスカの駄作《ださく》じゃない。とてもコンシューマー版で面白《おもしろ》くなるとは思えないわ」

「……いいかいエリリもサユリさんも。王道のなんたるかを知らないと、いい作品は作れないんだよ？」

「まぁ、パパの王道ってのは随分《ずいぶん》と偏《かたよ》ってるけどね。メイドとかメイド服とかご奉仕《ほうし》プレイとか」

「い、言っておくけど僕が興味のあるメイドは二次元だけだよ⁉　何しろウチでも三次元メイドさんに働いてもらってるからその辺りはハッキリさせておかないとね！」

そんな属性てんこ盛りの一家三人は、こうして家族でエロゲーのコンシューマー移植版について熱く語り合うという、とても他人には見せられない、けれど仲良さそうで微笑《ほほえ》ましい団らんに花を咲《さ》かせる。

……まぁ、そんな家庭内での居心地《いごこち》の良さが、逆に英梨々の外での交友関係の幅《はば》を狭《せば》めてしまっていることについて両親がどう思っているのかは、結局永遠の謎。

「にしても英梨々、確かこれって、初回限定版が予約開始初日に瞬殺《しゅんさつ》して難民が続出、今でもネットオークションで平均五万の値がつく超《ちょう》レアアイテムよね？」

「それは、まぁ……」

「エリリは絶対にヤ○オクに手を出さない良い子だもんなぁ……どうやって手に入れたんだい？」

「だからそれは、と、友達に回してもらったというか、その……」

「「友達に!?」」

英梨々の、端《はた》から聞いていると何気なさそうなその一言に、父も母も激しく反応した。

「そ、そうかぁ……エリリにもとうとう、ギャルゲーを一緒に楽しむ友達がっ！」

「連れてきなさい是非《ぜひ》ウチに連れてきなさいよ！　みんなで一緒に徹《てつ》ゲーしましょ！」

「う、う、うん……そのうちね」

彼らは、自分の娘が、学校でとても手厚く扱《あつか》われていることを知っていた。

美術室では期待のエース。教室ではナンバーワン美少女。職員室では大口寄付者のお嬢《じょう》様《さま》。

けれど彼らは、自分の娘の、そんな評判からは聞こえてこない別の真実があることも、おぼろげに感じていた。

「で、どんな子なの？　クラスメイト？　部活の友達？　それとも先輩《せんぱい》や後輩？」

「あるいはオフ会で知り合ったとかかな？　いや、もしかしたらまだネットでしか会話したことのない謎の隠《かく》しヒロイン……？」

「え、えっと……」

英梨々が高校に進学してから……いや、正確に言えば、中学に入って以来……

彼ら二人は、英梨々の友達に一度も会ったことがなかった。

娘が話す、校内や部活での話に、時おり友人らしき人物のエピソードが出てはくるものの、その相手に対して楽しそうに語ったり、あるいは悪口で盛り上がったりとか、そういった生々しい反応を見たことがなかった。

ついでに言ってしまえば、英梨々が学校の友人の名前を口にしたことは、彼らの記憶《きおく》には一度もなかった。

「そ、そうだわ。明日にでもそちらのお宅にご挨拶《あいさつ》に伺《うかが》うというのはどうかしらあなた？」

「そ、そうだね！　明日は外務官僚《かんりょう》との会合があるけれど、そんなものはすっ飛ばして……」

「ちょっとちょっと！　二人ともそんな先走りしないでよ⁉」

だから、それこそ数年ぶりに発覚した英梨々の友達のことを過剰《かじょう》に知りたがるのは、どうしようもない親心としか言いようがなかった。

だって、かつては確かにあったのだから。

毎日毎晩、食卓《しょくたく》を囲むたびに、その日にあったこと……その日、〝友達〟としたことを、目を輝《かがや》かせながら、こちらが聞いてもいないのにいつまでも話し続けていた日々が。

「だ、だいたい、別にパパもママも知らない相手って訳じゃないんだし……別に、今さら挨拶なんてしなくっても……」

「……私たちの知ってる子？」

「いや、そんなこと言われても心当たりは……」

「も、もういいでしょその話は……ゲーム、続きやろうよ」

「……？」

「……？」

両親が二人して首を傾《かし》げつつ、真ん中にいる娘をじっと見つめると、今度は当の英梨々の反応の方が、劇的に変化していく。

コントローラーを持った手は震《ふる》え、顔はどんどん俯《うつむ》いていき、けれど耳まで赤くなったその顔色で、どんな表情をしているかが手に取るように分かり……

「あ！」

「あ！」

だから両親は、『もしかして俺たちはとんでもない勘違《かんちが》いをしていたのかもしれない』と思い至った。

「ひょっとして……倫《とも》くん？」

「倫也《ともや》君かい⁉」

「う……」

そう、女友達だとか、最近できた友達だとか、そういう固定概念《がいねん》……いや固定観念に囚《とら》われてはならなかったのだ。

つい今しがた、自分たちの頭の中に思い浮《う》かんだファーストインプレッションを大事にするべきだったのだ。

「じゃ、じゃあ英梨々、とうとう倫くんと仲直りしたのね？」

「してないもんっ！」

……まぁ、それは結局、自分たちの娘が小学生の頃から『まるで成長していない……』ということになるのだけれど。

「仲直りしてないって……じゃあ、このゲームをくれたのは倫也君じゃないのかい？」

「違うもんっ！　……ちゃんとお金払《はら》ったもん」

「何よ、やっぱり倫くんなんじゃない」

「ぢがうぼん《ちがうもん》～、ぞんだんじゃだいぼん《そんなんじゃないもん》～」

というかやっぱり、彼らの娘は小学生の頃からまるで成長していないようだった……

「そうかぁ、懐《なつ》かしいなぁ倫也君」

「小学校の頃は、よく遊びに来てくれたのに、いつからか全然来なくなっちゃったわよねぇ……」

「そ、それは……ほら、四年の時からクラスが別になったし、話もなんだか合わなくなってきたし……」

子供の頃から今までずっと両親と良好な関係を築いてきた英梨々にとって、それでも、どうしても二人に正直に話せなかったことがある。

それは、彼女の空前にして絶後の幼なじみとの、決裂《けつれつ》の理由。

お互《たが》いの趣味嗜好が合わなくなったからではなく、合い続けていたせいで生まれてしまった軋轢《あつれき》のこと。

「それで、どうして今になって急に仲直りしたんだい？」

「べ、別に……急じゃなくて、一年の頃から、だんだん……」

「だんだん？ つまり徐々《じょじょ》に仲を深めていったってことなの？ 仲直りして、オタ友に戻《もど》って、やがてオタ彼になって……」

「ちょっ⁉」

「あなた！」

「サユリさん！」

「『責任、取ってもらおうね～！』」

「違う違う違う！　そうじゃ、そうじゃないの～！」


「……ゲームサークルかい？」

「同人ギャルゲー制作の？」

「ホント、頭湧《わ》いてるでしょ？」

　という訳で、あらぬ誤解を晴らすためにも、英梨々は、先日の始業式の日に起きた一番の事件を、両親に話し聞かせた。

　というか、あの勢いを鎮《しず》めるためには話さざるを得なかった。

「あいつ、自分じゃ絵もシナリオも音楽も何もできないくせに、そういう難しいことは人任せにして、自分はプロデューサーとかディレクターとか、ふんぞり返ってるだけの簡単なお仕事して一旗揚《ひとはたあ》げようとか急に言い出したのよ……」

　英梨々の、プロデューサーやディレクターに対する認識についての是非はともかく、現在絶賛プレイ中の『琥珀《こはく》色コンチェルト』○S３版を入手する際、彼女は幼なじみの安芸《あき》倫也から、そのサークルの原画家としてスカウトされていた。

実際、同人即売会《そくばい》では既《すで》に壁《かべ》サークルへと上りつめた英梨々にとって、その誘《さそ》いは、次のキャリアへのステップアップのチャンスと言えなくもなかった。

……まぁ、声を掛《か》けてきたサークル代表の実績がゼロなことを除けば、だけれど。

「だから別に、仲直りとか彼氏とかそういうんじゃなくて、ただ、あたしはあの馬鹿《ばか》の妄《もう》想《そう》を具現化するための駒《こま》というか、パーツというか……っ、酷《ひど》い話でしょ？」

自分で言っててちょっと泣きそうになりながらも、英梨々は両親に（自分の本当の気持ちを除いて）包《つつ》み隠さず事情を打ち明けた。

だからこれにて、この不毛な幼なじみ論争はおしまいに……

「そうか……そうかぁ倫也君！　とうとう〝あの夢〟に向かって走り始めたんだね！」

「そうよ間違いないわ！　私たちとの約束、覚えていてくれたのね！」

「は、はぁ？」

……とは、ならなかった。

「なんだい、小学二年の初詣《はつもうで》のことを覚えていないのかいエリリ？」

「ほら、倫くんと私たち三人で、神○明神《みょうじん》の絵馬《えま》にイラスト付きで誓《ちか》ったじゃない」

「な、何を？」

「『誰《だれ》もが笑えて、萌《も》えて、感動するギャルゲーを作るって！』」

「…………はい？」

英梨々は、ものすごい表情で両親を見つめた。

そう、例えるなら、名推理披露《ひろう》の最中に突如《とつじょ》現れた真犯人に、自分の推理とはまったく違う自白をされた名探偵《たんてい》のそれのような……

「なんだい？　覚えていないのかいエリリ？　あの、倫也君の『いつか必ずゲームガイシャの社長になる』という誓いを！」

「あなたその時、自分も『絶対、倫くんのゲームガイシャの原画家になる』って大はしゃぎだったじゃない」

「あたしそれ本当に言ってたの⁉」

どうやら、この前倫也の言っていたこと（アニメ一話参照）には、やはり色々と間違いがあったようだった。

一つは、あの誓いをした時の英梨々は、ランドセル姿ではなく、多分晴れ着姿だったこと。

一つは、英梨々と倫也の両脇《りょうわき》には、彼女の両親が満面の笑みで見守っていたということ。

そしてもう一つは、あの、倫也の、どう考えても口から出任せの都合のいい妄言《もうげん》は、実は『本当にあった怖《こわ》い話』であったこと……

「うんうん、さすがは倫也君！　たった三年間で僕のオタク道の全てを吸収した天才児！　今でもその夢と才能はキラキラと輝いているんだね……」

「いやないから！　夢はともかく才能全然ないから！」

というか、オタク道よりも本業の方を叩《たた》き込んでおいてくれたら、もっと自分を含《ふく》め周囲も幸せになったのにと思わないでもない英梨々だった。

「そう、とうとうあの計画が動き出すのね……頑張《がんば》って倫くん。後は腕《うで》の立つシナリオライターを見つけるのよ！」

「いやいやサユリさん、僕たちのエリリが原画家なんだよ？　シナリオなんて変に肩肘張《かたひじは》らずに、キャラクターの設定とシチュエーションだけで十分勝てるさ」

「ちょっとぉ、だからあたしはまだやるなんて一言も……」

「……何を言ってるのあなた？　テキストアドベンチャーが前提となるギャルゲーでは、シナリオの持つ力はイラストに勝《まさ》るとも劣《おと》らないわ」

「……ママ？」

「……サユリさんこそ何を言っているのかなぁ？　ギャルゲーは女の子の可愛さを堪能《たんのう》するのが一番の目的だろう？　その一番をしゃぶり尽《つ》くすのにシナリオなんてかえって邪魔《じゃま》

だよ。君だって絵描《えか》きなんだからわかるだろう？」

「……パパ？」

「絵描きだからこそ、シナリオの重要性が骨身に染みてわかっているのよ！」

「そんなこと言ってもギャルゲーの売り上げの九割は絵で決まるんだよ⁉」

「シナリオが良くないとそのブランドの次回作の売り上げに響《ひび》くのよ⁉」

「いい絵描きさえいればシナリオなんて外注の使い捨てで十分だよ！」

「目の肥《こ》えたユーザーはブランドじゃなくてライターで追っかけるのよ！　あなたみたいな萌え豚《ぶた》にはそれがわからないのよ！」

「サユリさんみたいなどうしようもないシナリオ厨《ちゅう》のことをノイジーマイノリティって呼ぶって知ってるかい⁉」

「ちょっとちょっとちょっと！　嫌《いや》すぎる夫婦喧嘩《げんか》やめてよ二人とも～！」


「だ、だいたいあたし、請《う》けるなんて一言も言ってないじゃない！」

あまりにもアレな理由での決裂をすんでのところで回避《かいひ》した英梨々は、とりあえず両親を落ち着かせるためにも、ふたたび自分のツンデレ主張を繰《く》り返す。

「な～にが幼なじみよ！　将来を約束した男の子よ！　ただのキモオタじゃない！　あん

なやつとなんか一緒《いっしょ》にサークルやってけるわけないじゃない！」

「いや、キモオタなのはお互い様じゃないのかいエリリ」

「そうよ、あなたのアレ過ぎる趣味《しゅみ》についてこれるのって、倫くんくらいしかいないと思うんだけど」

英梨々の、あまりにテンプレートな意地っ張りぶりに、ようやく落ち着きと萌え心を取り戻した父と母は、娘《むすめ》の反応にキュンキュンしながらツッコミを入れる。

「いるわよ友達なんて！　高校に入ってじゃんじゃん作ったもん！　だからもう昔の友達なんて忘れた！　幼なじみなんてあたしの歴史にいない！　興味もない！」

「……本当に？　幼なじみそのものに興味を失ったのかい？」

「そうよ！　悪い？」

「いいえ、悪くないけれど、でも英梨々……」

「何よ!?」

「『お前、また幼なじみルートに入ったよ？』」

「…………え？」

と、両親が指差す先……テレビのモニターを見ると、ちょうど自分のコントローラーからの指令により、『優紀恵《ゆきえ》を追いかける』を選択《せんたく》したところだった。

それは、ちょうど学園編のクライマックス。

生徒会長……いや諸般《しょはん》の理由により学生会長という微妙《びみょう》な役職名のついたヒロイン、静《しず》瑠《る》に迫《せま》られているところを偶然《ぐうぜん》幼なじみの優紀恵に見られてしまい、逃《に》げ出した彼女と、追いすがる静瑠との間で選択を迫られた瞬間《しゅんかん》のことで。

「ああっ⁉ いつの間に！」

「いや、いつの間にじゃないだろエリリ……」

「だいたい『琥珀色コンチェルト』って、優紀恵の難易度が一番高いから、その選択肢《し》が出るまで一度の選択ミスも許されないっていうのに……」

「え、え、え〜と、それは……ほ、ほら、適当に選んでたら……」

「エリリ……お前、実は『琥珀色コンチェルト』、優紀恵しかクリアしてないだろう？」

「う……」

「『琥珀色コンチェルト』だけじゃないわよ……だいたいどのギャルゲーも、幼なじみルートだけクリアして後は放置しちゃって……」

「いいいい言わないでそれを言わないでぇぇぇぇ〜！！！」

「ひ、ひっく、ひっく……ひどいよ、パパもママも……っ」

「あ〜、いや、ねぇ？　サユリさん？」

「そ、そうそう、アレよアレ、ねぇ英梨々？」

『酷いのはあなたのアレすぎる思い込みじゃないの？』とツッコミたいのを我慢《がまん》して、二人は、とうとう泣き出してしまった愛娘《まなむすめ》に口調だけは優しく語りかける。

「ね、ねぇ英梨々、聞いて頂戴《ちょうだい》？」

「も、もう知らないもんっ」

いや、口調だけでなく、仕草も表情も。

いつの間にか二人は、ちゃんとした親の顔をして、娘を慈《いっく》しむ。

「あなたね……そうやっていつまでも泣いて誤魔化《ごまか》してたら、いずれもっと泣く日が来るわよ？」

「……え？」

「僕たちもね、エリリみたいに言い合ってたことがあったよ……」

自分たちの愛の結晶《けっしょう》に込められた、遠い昔の記憶《きおく》を思い起こしながら……

「ちょうど、付き合い始めて一年くらい経《た》った頃《ころ》かしらね……」

「ちょっとした誤解がもとですれ違《ちが》ってね」

「二人して、『もうあんな人知らない』って」

「僕は、意地を張って帰国しちゃったりして」

「私も、意地を張って電話の一つも掛けなかった」

「そんな日が、半年くらい続いたかなぁ……」

「あなたが意地を張っていた年数に比べたら、ちっぽけな時間かもしれない」

「けれど僕たちは、その半年間、まるで地獄《じごく》にいるみたいな気持ちだったよ」

「パパ、ママ……」

「英梨々……あなたは、私たちよりもずっと、深くて暗い地獄にいた」

「だからそろそろ、素直になってもいいんじゃないかな？」

「地上に、這《は》い上がろうって思っても、罰《ばち》は当たらないんじゃないかしら？」

「……っ」

ぐしっと涙《なみだ》を拭《ふ》きながら、英梨々が上目遣《うわめづか》いで二人を見上げる。

その小動物的な可愛さに、父も母も我を忘れて抱《だ》きしめてあげたくなるのをぐっとこらえ、今はただ、ゆっくりと、諭《さと》すように語り続ける。

「ね、英梨々……あなたは、私たちが一緒にならなければ、嫌だったでしょう？」

「……そうなったら、そもそもあたし生まれてない」

「あはは、そうだね……だったらエリリは、僕たちの仲直りに感謝して欲しいな」

「そしていずれ……私たちも、あなたに感謝させて欲しいわね」

「……ん」

涙を拭いて、ほんのちょっとだけ迷って。

けれど、こくんと頷《うなず》き、英梨々はもう一度、照れ隠《かく》しにコントローラーを手に取った。

残るは、カットされたエロシーンの代わりのイチャイチャシーンと、エンディングだけだ。

英梨々は、そのエンディングの先に、自分のささやかな決意を乗せて、ボタンを押す。


「……ところで、二人はどういう理由で喧嘩《けんか》したの？」

「それがね聞いてよ英梨々！　パパったらイギリスに残してきた幼なじみと私を二股《ふたまた》にかけてたのよ！」

「い、いやぁ、そんなつもりはなかったんだけど、でも彼女の方が変に勘違《かんちが》いしちゃっててね、切れるのになかなか苦労したなぁ、あははは……」

「ああああやめてやめてやめてやめてやめてぇぇぇぇぇぇぇ〜〜〜！！！」

リテイクの向こう側

「ね〜、安芸《あき》くん、ううん、倫也《ともや》くん」

「…………」

「あなたが求めていたわたしは、こんな感じだったかな〜？」

「…………」

「アニメの中の、ゲームの中の、えっと、そして〜、ラノベの中の、あなたの理想の女の子は……」

「…………」

「こんなふうに話してこんなふうに動いて」

「……っ」

「そして、こんなふうに……えっと、恋《こい》に落ちたのかな〜」

「違《ちが》う……っ」

「はぅっ」

スパーンと、スリッパかハリセンで叩《たた》いたような、コントのSEみたいな音が辺りに響《ひび》き渡《わた》る。

「駄目《だめ》、駄目駄目駄目駄目駄目駄目っ。テンポもタイミングも感情表現も、全てが何もかも駄目……っ」

「痛いです霞ヶ丘先輩《かすみがおかせんぱい》……」

五月四日。ゴールデンウィークも残り二日に迫《せま》った、よく晴れた穏《おだ》やかな春の午後。

都内の、坂が多めの住宅街。

その中でも、もっとも勾配《こうばい》がきつい、通称《つうしょう》〝探偵坂《たんていざか》〟と呼ばれる坂道の途中《とちゅう》。

そこに二人の女性が、人通りや車の邪魔《じゃま》にならないよう気をつけながらも、ずっとコント……いや、ストリートパフォーマンスらしきことをしていた。

「それじゃ行くわよ。テイク三二……」

「はぁい」

今、やる気のない声で、しぶしぶ次テイクの準備に入ったメインのパフォーマーは、加《か》藤恵《とうめぐみ》。

豊ヶ崎《とよがさき》学園二年Ｂ組に所属する、主体性のない、社会に不満もない、演劇部に所属もしてない、芝居《しばい》からは極北の方向にある、目立たない十把一絡《じっぱひとから》げの女子高生である（※作家個人の感想です）。

「用意……スタート」

そして、やる気はともかく、いつも通りの冷静な立ち振る舞《ふま》いでキューを出した演技指導担当は、霞ヶ丘詩羽《うたは》。

豊ヶ崎学園三年A組に所属する、協調性のない、社会参加への意識もない、演劇部に（たまにしか）所属もしてない、それでも芝居には一家言《いっかげん》を持つ、作家兼《けん》女子高生である（※ファンタスティック大賞受賞作『恋するメトロノーム』もよろしく）。

「ね〜、安芸くん、ううん、倫也くん」

「………………」

「あなたが求めていたわたしは、こんな感じだったかな〜？」

「………………」

「アニメの中の、ゲームの中の、えっと、それから……」

「……っ」

「あ、そうだ、ラノベの中の〜」

「トチるなって言ったでしょ……っ！」

「はぅぅ……っ」

詩羽の手にある、台本を丸めた紙筒《かみづつ》が、またしてもパコーンと清々《すがすが》しい音を立てる。

かつて演劇部の台本を一日で五冊潰《つぶ》し、部員を三人追い出した手首のスナップは今でも健在だ。

「だいたいそれ以前にさっきから言ってるでしょう。テンポとタイミングをきっちり合わせなさいって」

「だからやってるじゃないですか……確か、相手の呼吸に合わせるんですよね？」

詩羽の破壊《はかい》工作から守るため、今は帽子《ぼうし》も被《かぶ》っていない恵は、直接受けた衝撃《しょうげき》に頭をさすりつつ、ほんの少しだけ困ったような表情で詩羽の方を向く。

ここで涙目《なみだめ》にでもなっていれば『あ、今の表情ブヒれるわよ加藤さん』などと褒《ほ》められることもあったかもしれなかったが、そういうところに気が回らないのが加藤恵という女の子の三次元的な女子力だった。

「呼吸というより鼓動《こどう》ね。相手の心臓が跳《は》ねる瞬間に、こちらの殺し文句を叩き込むのが一番効果的なのよ」

「一応、言われた通りのテンポでやってるつもりなんですけど……」

「出だしのテンポでずっと続けていては駄目なのよ。少しずつ上げていかないと」

「それだと、相手のタイミングとずれていきません？」

「いいえ、相手の鼓動はどんどん速くなっているはず……なぜなら、あなたの萌《も》え演技にドキドキするからよ」

「え～」

「はい、すぐに次。テイク三三……」

「はぁぁい」

少しだけキャラの立った情けない声を出しつつ、もう一度所定の位置に後ずさりしていく恵。

その衣装は、彼女のいつもの、そこそこ目を引き、そこそこ流行に追随《ついずい》し、そこそこお洒落《しゃれ》な……まぁオタク的に言えば三次元的なファッションとは一線を画していた。

ふわりとした淡《あわ》く優しい印象を与《あた》える白いワンピース。

全体の白っぽさに強いアクセントを与える赤いカーディガン。

絶対領域を完璧《かんぺき》に計算し尽《つ》くした絶妙《ぜつみょう》な丈《たけ》のニーソックス。

そして忘れちゃいけない、頭をちょこんと飾《かざ》るベレー帽……は前述の通り手に持ったままだったけれど。

「用意……スタート」

「ね～、安芸くん」

「『ね』を伸《の》ばすな……っ」

「はぅっ……ていうか、そこさっきまで指摘《してき》してなかったじゃないですか」
そんな、二次元の記号満載《まんさい》のファッションをバッチリ決めた、ここが秋葉原《あきはばら》でないため
ちょっと痛々しい今の恵は、まだその衣装に演技が追いついていなかった。
「はい、五分休憩《きゅうけい》……その間に台詞《せりふ》を全て頭に叩き込んでおきなさい」
と、詩羽は恵にミネラルウォーターのペットボトルを渡す。
その親切な行為《こうい》とは裏腹に、左足はずっとガタガタ揺《ゆ》れっぱなしで、今までの稽古《けいこ》で溜《た》
まったストレスの大きさを如実《にょじつ》に物語っている。
「あ、はい、どうもです」
で、恵の方はといえば、そのペットボトルをとても素直に受け取り、さして気にした様
子もなく喉《のど》を潤《うるお》す。
もちろん、詩羽の精神状態はその態度からわかっているはずだったけれど、それを口に
したり恐縮《きょうしゅく》したりしたところで状況《じょうきょう》は何も変わらないからここは黙《だま》っていようという賢明《けんめい》
な判断……なのか単にフラットに受け流しているだけなのかはその表情からはわからな
い。
「そろそろ感情表現の方も詰《つ》めていかないとね」

「まだテンポとタイミングも全然できてないんですけど……」

「仕方ないでしょ。今日中に形にしないと、連休が終わってしまうし」

先ほども触《ふ》れた通り、今日は五月四日。

ゴールデンウィークも、残すところあと二日。

そして、ゴールデンウィークが終わったら、倫也のゲーム作りへの挑戦権《ちょうせんけん》は消え、だから恵が倫也を応援《おうえん》する意義も……

「えっと、プロットの締《し》め切りの方、なんとか延ばす方向で頼《たの》めません？」

「ここで倫理君《りんりくん》に猶予《ゆうよ》を与えたら、もう一生完成しないわよ」

「そういうものなんですか？」

「駄目クリエイターのことなら、私の方がわかってる……まぁ、こちらも商業歴一年の駆《か》け出しではあるけれど、ね……っ！」

「……霞ヶ丘先輩？」

デビューしてまだ間もないくせに、締め切りとの壮絶《そうぜつ》な戦いを何度も経験し過ぎている担当泣かせの新人作家霞詩子《かすみうたこ》こと詩羽は、そこで何か嫌《いや》な思い出を払拭《ふっしょく》するかのごとく頭を左右に振《ふ》ると、厳《きび》しい表情で再び恵に向き直る。

「そんなわけだから、次からは二次元的記号を取り入れた演技指導に入るわよ」

「二次元的記号って、どんな？」

「媚《こ》びた上目遣《うわめづか》い、悪戯《いたずら》っぽい笑み、聖女の煌《きら》めき、悪女の艶《つや》やかさ……全てを芝居で、声で、演技で、表情で、顔で、表現しなさい」

「……え～と」

いきなり上がり過ぎたハードルに、恵の瞳《ひとみ》から輝《かがや》きが失われる。

そんな表現が本当に演じられるのなら、それはもう死んでいたキャラが蘇生《そせい》して神に昇《しょう》華《か》するほどのレベルアップだ。

いや神様ならどんなことも知り得ていて全てを超越《ちょうえつ》した存在だから、かえって態度はフラットに戻《もど》るのかもしれないけれど。

「それで聞きますけど、霞ヶ丘先輩は、そういうキャラを自分では演じられますか？」

「そうね、やろうと思えばできるわ」

「えっと、聞き方を変えます。やろうと思ったことありますか？」

「……それを聞いてどうしようって言うの？」

「あ～、それにしてもこの台本凄《すご》いですね～。お芝居の台本なのに選択肢《せんたくし》があるなんて」

詩羽のイラっとした表情を見て『あ、地雷踏《じらいふ》んだ？』と察したのか、恵は、巧妙《こうみょう》にフラットに話題を逸《そ》らす。

「まぁ、相手が台本を持ってないアドリブ大根役者だし。こっちでフォローするしかないから仕方ないわ」

「本当に、こんな分厚い台本、一日で覚えられるかなぁ」

本当に、こんな分厚いせいで、この紙束を丸めての一撃《いちげき》がどれだけ痛いかについては、恵はとりあえずコメントを控《ひか》えた。

「とにかく今はまず、メインルートを完璧にマスターすることだけに専念しなさい」

「メインルートって、『一番』をずっと選び続けたこのルートのことですか？」

恵に渡された台本には、いくつかの部分が赤ペンでざっくりと囲われている。

その囲われた範囲《はんい》をよく見てみると、それらは全て『選択肢で一番を選んだ場合』の部分に集中していた。

「あなたが私の望む通りの演技を完璧にこなせば、彼は必ず私の思う通りのリアクションをする……つまり、このルートに行き着くはずよ」

「……うわぁ、そこまで人の感情って操《あやつ》れちゃうものなんですか？」

「まぁ、特に倫理君に関しては、二次元に生きている萌《も》え豚《ぶた》だしハッピーエンド厨《ちゅう》だし、なのに変に倫理観に縛《しば》られているから、他の人間よりは随分《ずいぶん》と予測しやすいわね」

「え～と、それじゃ霞ヶ丘先輩は、そうやって安芸くんを操ったことが……？」

「………………もう一度確認するけれど、あなたはそれを聞いて一体全体何をどうしようって言うのかしら加藤さん？」

「ごめんなさい今のは聞かなかったことにしてくださいお願いします」

髪《かみ》ともストッキングとも違《ちが》う、別の黒いものが詩羽から噴《ふ》き出ているのを感じた恵は、事ここに至って、とうとうフラットをかなぐり捨て、慌《あわ》てて詩羽に思い切り頭を下げた。

「ねぇ、加藤さん」

「なんですか？」

坂の上、駐車場《ちゅうしゃ》の壁《かべ》に背中を預けつつ、二人は、春のうららかな陽射しを注いでいる空を見上げる。

今ごろ彼女《と》たちの頭《も》痛の種《や》は、きっとこの陽気に気づくことなくＰＣの前で頭を抱《かか》えているに違いない。

「それであなたの方は、どうしてなの？」

「何がそれでで、何をどうしてなのか……」

「家族旅行を取りやめて、大して親しくもない私たちに頭を下げてまで倫理君のために頑《がん》張《ば》ろうだなんて……」

「本当、改めて人から冷静に聞かされるとどう答えていいのか反応に困りますね」

「……彼のどこがいいの？」

「いや別に良くも悪くもないですけど」

その玉虫色なのか透明《とうめい》なのかもわからない返答に、詩羽はあからさまに不審《ふしん》そうな態度で恵の読めない表情を見つめる。

「悪くも思っていないの？　普通《ふつう》の女の子なら『うざっ、顔も見たくないわ〜』って思っても仕方のない〝人格者〟だと思うけれど」

それか、心の奥底に何か別の目的を持って近づいているのか……いやその目的がなにかと聞かれるとまったく想像のしようがないのだが。

「確かにそう思っても全然おかしくないですね。わたしもそういう気持ちがないと言ったら嘘《うそ》になるというか、そういう気持ちがクラゲの水分くらいはあるというか……」

「じゃあ、なぜ？」

クラゲの水分比率の正確な数値には触れず、詩羽は先を促《うなが》す。

「まぁほら、それはなんていうか、なんとなく、楽しそうだったから」

「……同人ギャルゲー作るのが？　人によっては超《ちょう》キモいと思われても仕方のないオタク趣味《しゅみ》よ？」

「やっぱり社会的にはそう思われても仕方のないことやろうとしてるんでしょうか？」

「そんなことも知らないの？」

「そもそも何をやるのか全然イメージできてません」

「まぁ、普通の女の子ならそうよねぇ……」

「それでも、安芸くんがものすごく楽しそうだったから、きっとつまらないことにはならないんじゃないかな〜って」

「……あなた、つまらなくなかったら誰《だれ》にでも付き合うの？　痛くなかったら誰にでもやらせるのそういう女なの？」

「すいません霞ヶ丘先輩《せんぱい》今の発言は安芸くんに匹敵《ひってき》するくらい酷《ひど》いです」

「わたし、勇気っていうか、主体性がないんですよね〜」

ほんの少しだけ気分を害した……かもしれないけれど表情や態度からはよくわからない無言の数秒間の後、恵は、詩羽が全然謝ろうとしないのを見届けて、一つため息をつくと自分から話を続ける。

「だから、バンドでもダンスでもアニメでも、何でもよかったのかもしれない」

前の二つと後の一つのギャップが気になったけれど、詩羽はそこには突《つ》っ込まないことにした。

「ほんのちょっとの非日常と、すぐに帰れるところにある日常と……そういう、安心して味わえるスリルみたいなのに憧《あこが》れてたのかも」

「スリルなら、他にも簡単に味わえるものなんかいくらでもあるわよ？　援○交○とか危○ド○ッグとか」

「すいません『すぐ帰れる』という前提条件を無視しないでください」

「甘いわ加藤さん。あなたはオタクの沼《ぬま》の恐《おそ》ろしさを知らない。気がついたら部屋の中がグッズで埋《う》まり、痛々しい衣装で即売《そくばい》会を出歩き、カップリング論争で周囲の女子たちと完全に敵対し、変にオタクステータスの高い、けれど最低な人格の業界ゴロに弄《もてあそ》ばれて一生をお花畑の中で過ごすことに……」

「あ〜、そういうところに辿《たど》り着く前に撤退《てったい》する準備はいつでも整えてますから〜」

そもそもお花畑で一生を過ごすというのは本人にとっては幸せなことなのではないだろうか……まぁ、周囲から見てどれだけ痛々しいかはさておき。

「それに、あそこまで自分にこだわられたら、いくらなんでも、どっちかに振れると思いません？」

「どっちかって？」

「ものすごくドン引きするか、ほだされるか」

「…………」

恵はその時、詩羽の表情に、今までまったく現れなかった色を見た気がした。

「まぁ、普通なら九対一か九九対一くらいでドン引きでしょうけど」

「それが、どうしてあなたは……一の方になったの？」

だから恵は、『じゃあ、どうして霞ヶ丘先輩は一の方になったんですか？』と聞く……ことはやっぱりできなかったけれど。

それでも、その質問がきっと本質を外れていないということだけは、心に留め置いた。

「別に、一の方に振れたなんて言ってないですよ？　確かに引きました。でも、ドン引きというところまではいかなかったんですよね」

「じゃあなぜそんな喩《たと》えを出したの？　煮《に》え切らない人ね」

「さっきからずっとそう指摘《してき》されてます」

結局恵は、その『いくらなんでも』な感情すら抱《いだ》けなかった。

九九パーセントの大多数にも、一パーセントの絶対少数にもなれなかった。

「だからまぁ、どっちかに振れるまで、もう少し時間があるから……そこまでは付き合っぱりできなかった。

だから恵は、『わたしも、ちょっとだけ苦手かもしれません』と応《こた》える……ことはやっ

「あはは……」

「……あなた、やっぱり気に入らないわ」

てみようかなって」

「さて、それじゃ時間もないことだし、そろそろ休憩《きゅうけい》終わりよ」

「はぁい、またよろしくお願いします。霞ヶ丘先輩」

「その生返事からしてヒロインらしくないからちゃんと修正しなさい」

「はぁい……はいっ」

結局詩羽は、この一〇分の休憩中に、恵のことを理解することはできなかった。

そして恵も、この一〇分の休憩中に、詩羽の奥底にあるものを理解することはできなかった……まぁあからさまなものについてはそこそこわかってしまい困惑《こんわく》したけれど。

「それじゃ始める前に、一つだけ忠告……というか、アドバイスよ加藤さん」

「お願いします」

「あなたが本当に、彼を元気づけたいと思っているのなら。彼を応援《おうえん》したいと思っている

のなら……恋《こい》をしなさい」

「え〜」

その『今さっき言ったことすら守れないの!?』と台本でひっぱたきたくなる恵の態度をぐっと我慢《がまん》して、詩羽は辛抱《しんぼう》強く続ける。

「彼本人にじゃなくていい。彼と同じように、二次元の彼でいい」

「……安芸くんを二次元にすると、余計に鬱陶《うっとう》しくなりません？」

「それでも、自分が思い描《えが》いた理想の彼にならら恋ができる、わよね？」

「どうかな？　わたしって今までそういうのあまり感じたことないし」

「じゃあ、イメージトレーニングしてみましょう……目を閉じて、加藤さん」

「……はい」

今度は素直に、そして少しだけヒロインっぽい口調で、恵が目を閉じる。

それはまるで、好きな男子にそう頼《たの》まれたから、仕方なくしてみせたように。

「あなたの『なってほしい彼』を思い描いて、そのひとに話しかけなさい」

「わたしの、なってほしい彼……って、どんな男の子、なのかな？」

「誰も見向きもしなかった自分の本質を理解してくれて、誰の意見にも流されることなく、ぶれずにこだわり続けてくれる」

「………」

「それが厄介《やっかい》なことに、追従でも下心でもない、心の底からの絶賛だと信じられる……そんな、たとえウザかろうが裏のない、いつでも真剣《しんけん》な男の子」

「………」

「あと眼鏡外すと結構可愛いのがムカつく」

「ぷっ」

「何がおかしいのよ？」

「いえ……それが霞ヶ丘先輩の〝倫理君〟なのかなぁって」

「いいえ倫理君はヘタレよ不誠実よ最低の男の子よ。あんな奴《やつ》●●でしまえばいいのに」

「……霞ヶ丘先輩？」

慌てて再び目を見開いた恵の目の前には、さっきまで目を閉じていた時と同じ、いやさらに昏《くら》い闇《やみ》が広がっていた。


「それじゃやってみなさい加藤さん」

「はい……」

まぁ、さっきの光景はきっと気のせいだったのだと言い聞かせ、恵は、所定の位置に立つと、すうっと目を閉じる。

その暗闇の中に浮《う》かび上がるのは、理想の……いや、まぁ、応援してあげてもいいかなと思える男の子。

「久しぶり。また……会えたね」

涼《すず》やかな風が一瞬《いっしゅん》だけ強く吹《ふ》き、恵の髪《かみ》をいい具合に揺《ゆ》らす。

その風に乗り、一月《ひとつき》前に散ってしまったはずの桜の花びらも、彼女のまぶたの中で、激しく坂を舞《ま》い降《お》りていく。

そして恵は、風に流れる髪を押さえ、坂の下……男の子がいるはずの、その場所を見下ろして目を開く。

「ほんと偶然《ぐうぜん》、なんてね？　あはは……」

そこにはもちろん、リアルの男の子なんていなくて、ただ腕組《うでぐ》みをしつつ厳《きび》しい表情で見つめている同性の先輩がいるだけだったけれど。

それでも恵は、その先の……違《ちが》う次元にいる男の子に、悪戯《いたずら》っぽく語りかける。

「あれ？　わたしのこと、知ってたんだ……安芸、倫也くん」

坂を下り、帽子《ぼうし》を拾う仕草を演じつつ恵は……少し、吹き出しそうになった。

〝倫也くん〟だなんて……そんなふうに、彼のことを名前で呼ぶ未来なんか想像できなかったから。

けれど、喉《のど》の奥から漏《も》れそうになるその感情は、嘲笑《ちょうしょう》でも失笑でもなく。

ならなんだろう？　と自分に問いかけても、結局よくわからないのだけれど。

でも楽しくて、愉快《ゆかい》で、そして、なんとなく、しょうがないかなって思える変な感情で。

「ね、安芸くん……ううん、倫也くん？」

だから、名前で呼ぶことにも、どんどん違和感《いわかん》がなくなっていく。

どうせ無害だし。

そして……なんとなく、楽しいし。

「あなたが求めていたわたしは、こんな感じだったかな？」

目の前の倫也が、頬《ほお》を赤らめる。

その空想の表情を眺《なが》めながら、恵の中に、なんとなく〝してやったり〟な気分と、もう一つの高揚感《こうよう》が湧《わ》き上がる。

「アニメの中の、ゲームの中の、そしてラノベの中の、あなたの理想の女の子は……」

だから恵は、夢中になって彼を追いかけていく。

その距離《きより》だけでなく、次元さえも詰《つ》めていく。

「こんなふうに話して、こんなふうに動いて……」

普段《ふだん》の自分なら絶対にしないような上目遣《うわめづか》い。

相手の懐《ふところ》に飛び込み、その胸に体を預ける覚悟《かくご》に満ちた体当たりの演技。

そして彼の……いや、自分の、跳《は》ね上がる鼓動《こどう》に寄り添《そ》った、どんどん速くなるテンポの、告白……

「そして、こんなふうに、恋に……ひゃんっ⁉」


そんな、今までとは全然テンションの違う演技に、それでも詩羽の丸めた台本が〝待った〟をかける。

「あ、あいたたたぁ……か、霞ヶ丘先輩《せんぱい》？」

「……っ」

それも、明らかに今まで以上の、激しいスナップと怒《いか》りをもって。

「い、今のはよかったと思うんですけど……どこがいけなかったんですかぁ？」

「駄目《だめ》、駄目だわ……これだと倫理君は完全に墜《お》ちてしまう。あなたに恋をしてしまうじゃない……っ」

「えっと、わたしたち、何のために今ここで頑張《がんば》ってるんでしたっけ？」

二人の夜の選択《せんたく》後

「ふぅぅぅ～ん……」

「なんですか町田《まちだ》さん？」

　朝の八時ちょうど。

　和合《わごう》ジェファーソンホテルのロビー。

　チェックアウトの支度《したく》を整え、カフェでクロワッサンを片手にタブレットを操作していた女性――

　不死川《ふしかわ》書店ファンタスティック文庫副編集長の町田苑子《そのこ》は、待ち人である制服姿の女子高生が目の前に現れた時、なんとも意味ありげなニヤニヤした視線を向けた。

「いやぁ、随分《ずいぶん》とすっきりした顔してるわね詩《しー》ちゃん？　昨日までのモヤモヤした感じとは大違《おおちが》い」

「あなたがネタにしようとしている内容は察しています。なので、今さらこれ見よがしに煽《あお》ってきても無意味……」

「昨夜はお楽しみでしたね～、霞《かすみ》先生！　うりゃうりゃ！」

「煽っても無意味だとわざわざ親切に教えてあげたのにどうして人の話を聞かないんですか担当編集さん」

「そりゃ、相手が『煽りだとわかっててもいちいち反応せずにはいられない煽られ耐性《たいせい》のない女の子』だからじゃない？」

「……っ」

そして、そんな興味本位で不躾《ぶしつけ》な視線を受けた方の女の子――

豊ヶ崎《とよがさき》学園三年A組霞ヶ丘詩羽《かすみがおかうたは》、かつ、ファンタスティック文庫の人気作家霞詩子《うたこ》は、今まさに町田に指摘《してき》された通りの耐性なさそうな怒り顔《いかがお》を向けた。

「だいたい、高校生の男女を何の断りもなく一つの部屋に押し込めるとか、大人のやることとは思えません」

「でも私、別に教育者って訳でもないし、それに私が相手にしてるのは高校生ではなく作家だし、だいたい作家の私生活なんて気にしてたら胃がいくつあっても足んないし、逆にそういうピーキーな思想を創作に活《い》かしたりしてるせいで牙《きば》を抜《ぬ》いたらてんでふぬけの本しか書けなくなる人たちもいるし、大人の常識と編集者の野心の狭間《はざま》で葛藤《かっとう》する独身二〇代後半の心境もわかってほしい訳なのよね～」

「すいませんさり気なく年齢詐称《ねんれいさしょう》するのはやめてください。いくら私が一〇代だからって張り合ってもしょうがないでしょう？」

二人が煽り合い……いや議論しているのは、昨夜のこのホテルでの出来事についてだった。

今週末、町田と詩羽は、霞詩子のファンタスティック文庫新シリーズの取材旅行のため、新作の舞台《ぶたい》候補であり、前作『恋《こい》するメトロノーム』の舞台でもあり、更《さら》には詩羽の生まれ故郷でもある和合市を訪れた。

そして一日目の取材が終わり、ホテルに戻《もど》ってカフェで明日の打ち合わせをしている深夜に、話題の主《ぬし》は現れた。

詩羽の学校での後輩《こうはい》にして、霞詩子の熱狂《ねっきょう》的ファンにして、不死川編集部の臨時バイトでもある安芸倫也《あきともや》。

「とにかく、私たちの間にやましいことなんか何一つありません。そもそも、私たちにそういう可能性があったと想像されることが遺憾《いかん》、不快、不本意です」

そして、その彼を放っておけないと判断した二人による対応は、まぁ今しがた詩羽が言葉にした通りだったりする。

「え〜、会えるかどうかもわからないのに、わざわざ雨の和合市まで詩ちゃん追っかけてきたのに？　しかも終電逃《のが》してまで……」

「…………ゲームのプロットの締《し》め切りが昨日いっぱいだったんです」

「昨日はそんなこと一言も……」

「いちいちやかましいわねこの○○編集」

「ま、それにしても、本当にそっちの方も進んでるのね～……TAKI君とゲーム作るって聞いた時はどんなバーター取引かと思ったけど」

食後のコーヒーをすすりつつ、町田は相変わらず詩羽とその後輩の関係に興味津々《きょうみしんしん》の様子で、あれこれ質問を飛ばしてくる。

「新作の方には絶対に迷惑《めいわく》を掛《か》けませんからご安心ください。あとそういう大人の事情っぽい不穏《ふおん》な表現はやめてください」

対する詩羽も、サラダをつまみつつ、そんな町田の下世話な態度に苛《いら》つきを隠《かく》そうともせず叩《たた》き潰《つぶ》す。

「あ～大丈夫大丈夫《だいじょうぶ》、新作の方は心配してないから。大抵《たいてい》のトラブル事例を想定して取り回ししてるし」

「せめてこちらを信頼《しんらい》しているという理由で『心配してない』と言ってくれていたらありがたかったんですが」

同級生や教師なんかには『暗黒美女』だの『黒髪《くろかみ》ロングの雪女』だのと、さも冷静冷徹《れいてつ》無感情な人間として恐《おそ》れられる詩羽も、業界歴○年、転職歴○回、まさに海千山千を絵に描《か》いたような『灰色のキャリアウーマン』町田苑子には、そういった見せかけの強さがまるで通用しないことを思い知らされている。

「や～ね～、まったく心配する必要がない作家なんている訳ないじゃない。だいたい期限通りに上げてきてなおかつクオリティも高い『事故らない作家』なんて、逆にこっちから限界まで仕事押し込んで自発的にトラブルの種まき散らすし～」

「……是非《ぜひ》とも不死川編集部さんには、私を事故物件にしないよう今後とも健全なスケジュール管理をお願いしたいところですね」

「もちろんわかってるわよ詩ちゃ～ん。当方、『不死川のガバナンスが利《き》く範囲《はんい》』でなら作家の表面張力ギリギリのところでピタリと止めてみせますわよ？」

「それってつまり、こちらが不死川関連〝以外〟の仕事を入れた時は……」

「いや～、そこまで口を出すのは作家を自分の出世の道具としてしか見ていない最低の編集よ～。私は違う。彼らをクリエイターとしてだけでなく人として尊敬し、信頼し、愛してる……だから最後の判断はあなたに委《ゆだ》ねるわね詩ちゃん？」

「逃《に》げましたね今絶対に逃げてますよね町田さん」

「なら私に全てを任せてみる？　そうしたら私は、まずあなたの作品をアニメ化して大ブレイクさせてみせる。そこから先は文芸に進むかこのままエンタメに残ってメディアミックスで稼《かせ》ぐかよりどりみどり！　才能が枯渇《こかつ》するまで生かさず殺さず、安定した老後を手に入れられるよう面倒《めんどう》見てあげるわよ？」

「……もういいです黙《だま》っててください朝食がまずくなりますから」

ほら、やっぱり全然通用しない。

「それにしても、あのＴＡＫＩ君がとうとう作り手側に回るのかぁ……進んでる？」

「まぁ、やっとプロットらしきものが形になった程度、でしょうか？　こんなていたらくで冬コミに間に合うんだか……」

安芸倫也の裏の顔……ブロガーＴＡＫＩの存在を初めて認識したのは、実のところ詩羽よりも町田の方が先だった。

霞詩子のデビュー作『恋するメトロノーム』の続刊刊行を巡《めぐ》る一連の騒動《そうどう》（詳細《しょうさい》はビッグガンガンコミックス『冴《さ》えない彼女《ヒロイン》の育てかた　恋するメトロノーム　２』に詳《くわ》しいので参照希望）の時、偶然《ぐうぜん》見つけたネットの評判から辿《たど》り着いたオタク系ブログに、その暑苦しくも鬱陶《うっとう》しい文章書きはいた。

「そう、冬コミに出すのね……どんなモノができるのか楽しみ」

「……まぁ本人はやる気だけはあるみたいですけど、結局私がプロット全部書いたし、キャラデザは完全に柏木《かしわぎ》エリに丸投げだし、彼がどこまで自分の色を出せるのかは未知数ですけどね」

「でも私は、霞詩子と柏木エリの神ゲーより、ＴＡＫＩが二人を無駄遣《むだづか》いして作り上げたクソゲーがどんなものになるかの方が興味あるけどね」

「町田さん……？」

　詩羽の、身内意識丸出しの愛情まみれな貶《けな》し文句を見透《みす》かしたかのように、町田はまた悪戯《いたずら》っぽく笑ってみせる。

「だって前者はある程度内容もクオリティも予想できるけど、後者は何が出てくるかまったく見えないし」

「……まぁ確かに、私にも面白《おもしろ》くなるか全然わかってないですけど」

「何より、可も不可もない無難なものが出来上がってくる未来も予想できないし」

　そんな町田の……プロの編集者の期待の言葉に、詩羽はほんの少し身を乗り出し、ほんの少し顔を紅潮させながら、ほんの少し勢い込んで訊《たず》ねる。

「町田さんは、彼にクリエイターとしての才能があると思う？」

「さぁ?」

「さぁ……って」

そして、その返答の相変わらずのはぐらかしっぷりに、ほんの少しの落胆《らくたん》とほんの少しの怒《いか》りとほんの少しの拗《す》ねが混ざった表情を見せる。

「今のところは、『さすがに全くないとは思ってない』という程度ね」

「それって全てのワナビに当てはまりそうな評価ですね」

「そりゃそ～よう、だって私、まだ彼の『創作』は何一つ見ていないんだもの」

と、町田が机の上に置いたタブレットの画面には、当のＴＡＫＩのホームページが映し出されていた。

その更新《こうしん》は三か月前でぱったりと止まっていた。

「まぁ、ブロガーとしての彼は、間違いなく一流だけれどね……何しろ読者にこういう顔させるんだもの」

「っ……人の頰《ほお》をつつかないでください」

それでも、トップに残ったままのその三か月前の記事は、未だに詩羽を、いや霞詩子を赤面させ、そわそわさせ、そして切ない表情にさせる魔法《まほう》の言葉で満たされている。

そのホームページの中でも最長にして、最多アクセス数を稼ぎ出したナンバーワン記事。

……『恋するメトロノーム』最終巻の感想。

「基本は作品のいいところを見つけて絶賛。決して貶さない。批判するにしても最大限作者を尊重する。問題点を指摘した後は自分なりに対案も用意する。そしてその指摘が結構的《まと》を外さない。何より悪意が表にも裏にもまったく見えてこない。代わりに見えるのは熱意の塊《かたまり》だけ。そしてこれが一番重要だけど、アフィリエイトで稼いでない」

「ええと、その最後のって文章の能力に関係あるんですか？」

「……でもねぇ、そこまでなら、社会的に人格者であればそんなに難しいことじゃない」

「そう、なんですか？」

「人にどう見られたいか、どう思われたいかを常に意識している人間なら、まぁ誰《だれ》にでもできるようになることよ」

「……って、町田さんは倫理《りんり》君が人格者だとでも言うつもりなんですか？」

「ま～高校生の女の子と二人きりで一晩過ごしておいて何もしないあたり社会的なんじゃない？　あ、それとも相手がここまで準備万端《ばんたん》だったのに逃げまくるってのは逆に反社会的とも言えるかもしれないわね。詩ちゃんはどう思う？」

「〇ねばいいのにと思います。倫理君でなく町田さんが」

その時、もちろん詩羽は、当の倫也に対しても『〇ね』と心の中で呟《つぶや》いていた。

「それでも、クリエイターっぽい煌《きら》めきは感じることができるわね……」

町田はタブレットを覗《のぞ》き込み、ＴＡＫＩのブログをぱらぱらと眺《なが》める。

「何より、彼の文章の一番の力は、その熱さ」

……その途中《とちゅう》、何度もスクロールを止め、苦笑したり、吹《ふ》き出したり、そして、ほんの少し息を詰《つ》まらせたりしつつ。

「読んでいる人たちを霞詩子沼《ぬま》に引きずり込む、その絶賛力」

「どうでもいいけどその霞詩子沼って何なんですか」

「彼は、その能力によって、多くの読者の心を掴《つか》んだ……文章で感動させたのよ」

「……まぁ、そうかもしれませんね」

多分、その文章で一番感動しているのが作者自身だったというのはどうなんだろうと思いつつ、詩羽は曖昧《あいまい》に頷《うなず》いた。

「だから、彼には間違《まちが》いなく、モノを書く才能はある……けれどそれは、クリエイターになるための十分条件じゃない」

「それって、どういう意味ですか？」

「だってＴＡＫＩ君は……今はまだ、読者の心を操《あやつ》っているわけじゃないもの」

「……あぁ」

その町田の一言は、詩羽には……創作で金を稼いでいるペテン師には、すぐに胸に落ちる言葉だった。

「真実じゃなく虚構《きょこう》で。伝承じゃなく創作で。結果としてではなく計画通りに……そうやって、狙《ねら》って読者を感動させなくちゃ、ただの一発屋で終わってしまうわ」

「……ま、本当に一発で終わってしまう〝自称《じしょう》〟作家だってたくさんいますけどね」

それは詩羽にだって、そうならない自信はあっても、確証はない。

「今のＴＡＫＩ君は、自分のやりたいようにやって、たまたまそれが当たっただけ。彼があまりにも霞詩子を好き過ぎたから……」

「っ……」

「ああごめんごめん、『霞詩子の〝小説を〟好き過ぎたから』、に訂正《ていせい》するわね」

「別にそこに反応したわけじゃないし全然聞き流してたんですけど？」

詩羽の声は何故《なぜ》か裏返っていた。

「例えば彼が、霞詩子以外の、よく知らない作家が作った作品をいきなり与《あた》えられて、その感想で読者を引き込むことができれば、それこそが……」

「町田さんそれってステマ……」

「……ま、まぁ、そのくらいのしたたかさと、偶然の要素に頼《たよ》る必要のない実力を身につけなさいってことよ！　今の彼はまだ白過ぎる」

詩羽の『そういうことしたんですか？』的な疑惑《ぎわく》の視線を必要以上に軽く受け流しつつ、町田は空々しく天井《てんじょう》を見上げる。

だから実際に、彼女がそういうことをしたかどうかは、誰も知らない……

「彼がもう少し黒く……そう、霞詩子のようになれれば」

「黒キャラ認定ありがとうございます。世界で一番言われたくない人に言われたってのはさておき」

「別に、性格が黒いって意味だけじゃないわよ……作家としての黒さのことよ」

「それ性格が黒くないって否定してないですよね？　微妙《びみょう》に肯定《こうてい》を残してますよね？」

「霞詩子のように、自分の体験や感情を作品に忍《しの》ばせながらも、それでも最後のところで、読者の満足する展開をきっちりとやりきる力をつければ、彼は化ける可能性がある」

詩羽の『あなたもしかして私のこと嫌《きら》いですか？』的な疑惑の視線を必要以上に軽く……まぁとにかく町田はさっさと話を続ける。

けれどその内容は、詩羽にとって、さっきまでのように簡単には飲み込めないもので。

「……その、『最後のところで』ってやつ、『恋《こい》するメトロノーム』の最終巻のことですか？」

詩羽の表情が、微妙にも程があるくらいに微妙に歪《ゆが》んだ。

その空気の急変を知ってか知らずか、いや、間違いなく知りながらも、町田は相変わらず飄々《ひょうひょう》と、けれど間違いなく編集者の言葉を投げかける。

「あなたは真唯《まゆい》を取った」

「っ……」

それは、作家にとって、よく言えば『忌憚《きたん》なき意見』と言われるもので。

……悪く言えば、今さらほじくり返してほしくない、詩羽の過去の傷だった。

霞詩子のデビュー作、『恋するメトロノーム』は、全五巻、累計《るいけい》五〇万部の実績をもって、今年の春に幸せな結末を迎《むか》えた。

しかしその〝幸せな結末〟は、ラノベ界隈《かいわい》に少なからず波紋《はもん》を投げかけた。

いわゆる、『恋メト正ヒロイン論争』である。

「最初の構想通りなら、選ばれるのは沙由佳《さゆか》だったし、実際、あなたの初稿《しょこう》もそうなっていた」

ファンタスティック大賞受賞作『恋するメトロノーム』は、もともと新人賞の応募《おうぼ》ルールがそうであるせいで、一巻完結の物語としてまとまっていた。

登場するキャラクターのうち、物語を動かすのはシンプルに二人……主人公の直人《なおと》と、ヒロインの沙由佳。

その一巻では、彼らの出会いから淡《あわ》い恋、そしてすれ違いを経《へ》ての青春いっぱいな初々《ういうい》しい仲直りが描《えが》かれていた。

一巻だけを見れば、直人が沙由佳と結ばれるのは外しようのない既定《きてい》路線で、もうこの物語には急展開もサプライズも、いや、そもそも続刊さえ不要という意見もあった。

「けれど私は、あの初稿には違和感《いわかん》があった……もちろん作品としてはとても面白かったし、全然〝アリ〟な結末だった……」

けれど、新人賞まで受賞した作品が一巻で終わるなど、作家的にも出版社的にもあり得ないことであり……

だから新たに〝付け足された〟二巻で、新ヒロインの真唯が登場する。

そしてその時、霞詩子は予定調和を望まなかった。

新ヒロインをかませ犬的に、沙由佳に対しての当て馬として描くような、犬なのか馬なのかハッキリしろよ的な展開にはしなかった。

真唯は直人に素直に恋をして。

真唯と沙由佳は素直に親友になり。

三人の互《たが》いを思いやる気持ちがどんどん重くなり、物語はどんどん泥沼《どろぬま》化していった。

彼らの気持ちは複雑に、ややこしく、人間くさく、瑞々《みずみず》しく絡《から》み合い。

直人と結ばれるのは一体どっちなのか……それはもはや、読者の誰にもわからず、最後の決断は作家本人に委《ゆだ》ねられることになった。

……けれど、四巻を経た頃《ころ》から、詩羽にも町田にも、実はわかってきてしまっていた。

「でも、もっと正しく、今までの流れに素直に沿った、何より『全五巻』の作品として納得できるエンディングがあるんじゃないかって……」

この作品の中で一番自由に動いているのは、真唯だと。

逆に沙由佳は、三巻あたりから、何かに縛《しば》られたように自分の気持ちを封《ふう》じ込めるようになっていた。

「あなたは、『全一巻』の頃の構想に囚《とら》われて、今、読者が……世界が望む答えが見えていないんじゃないかって、そう思ったの」

その頃から、詩羽の中に、沙由佳に対してのガイドラインが明確にできていた。

『沙由佳は、こんなあざとい言動はしない』

『沙由佳は、こんなにまっすぐに気持ちを表わさない』

『もっと意地悪で、イジイジしてて、恋なんか実るはずのない、根暗な女の子』だと。

だから初稿の、『沙由佳が今までの態度を一変させ、真唯から直人を奪《うば》い取るエンディング』は、二人にとって違和感しか残らなかった。

それは一巻の頃の沙由佳に近かったのかもしれなかったけれど。

けれど四巻の頃の沙由佳とはもはや別人で。

その『キャラクターの成長によるずれ』は、あと何冊を使ったら元《もと》に戻せるのか、もう想像もつかなかった。

「五巻が最終巻だって決めた時からわかってた……この作品に求められている結末は」

「……なのにあなたは、あの初稿を書いてきた」

一人を除いた全ての読者か、たった一人の読者か。

キャラクターを幸せにするか、キャラクターの〝中の人〟を幸せにするか。

あの時の詩羽は、選べなかった。

だから、その選択《せんたく》を、たった一人の読者の方に委ねようとしたのに……

「でも、ちゃんと直したでしょう？」

「だからあの時、あなたはエンタメ作家として黒く成長した……新シリーズも安心して任せられる看板作家、霞詩子になったの」

その選択は、自分の内から滲《にじ》み出る意志によるものではなかったけれど。

たった一人の読者に拒絶《きょぜつ》され仕方なく選んだ、物語に求められた選択だったけれど。

でもその消極的な選択は、彼女に一つの力をもたらした……らしかった。

「……倫理君にも、そうなれと？」

今、まさにその力を持っていない、たった一人の読者によって……

「そうなったら、是非《ぜひ》ファンタスティック文庫でも一度書いてもらいたいわね。彼ならあなた以上にヒロインを超《ちょう》可愛く描くことができるかも……まぁ、物語性は未知数だけど」

「言ってくれるわね……」

詩羽のその時の表情を、この時だけは、町田は読めなかった。

悔《くや》しそうで、楽しそうで、苛《いら》ついていて、嬉《うれ》しそうで。

そして、なんだか……泣いているみたいで。

「まぁ『恋するメトロノーム』が文芸なら、沙由佳エンドでもよかったんだけどね。『これが作家性だ』って開き直っちゃえばいいんだもんね～」

「……町田さん文芸に恨《うら》みでもあるんですか」

だから町田は、最後にほんの少しだけ優しく、逃《に》げた。

「なんなら今度ウチにできる新レーベル『不死川M文庫』の編集部紹介《しょうかい》するわよ？　まずはそっちで思う存分エセ文芸書いて、いずれ本格女流作家を目指すってのもいいんじゃない？」

「これ以上仕事増やさないでください。ただでさえゲームのシナリオがこれから佳境《かきょう》になるのに」

「だってほら～、私は『不死川のガバナンスが利《き》く範囲《はんい》』でしか管理しないから～」

「だいたい文芸なら、直人が二人に捨てられるエンドが一番受けがよくないですか？」

「あ～、それいいわね～！　それじゃ早速《さっそく》M文庫の編集長に企画《きかく》書出しとくから～」

「だから、是非ともやめてくださいって言ってるでしょう？」

詩羽の最大の恩人にして、唯一敵《ゆいいつかな》わない相手は。

町田の最大の秘蔵っ子にして、唯一強く出られない相手は。

互いのことを、ほんのちょっとねじれた視線で生温かく見守りつつ、同時にぬるくなったコーヒーをすすった。

「や～、晴れてよかったわね～」

「暑い……」

ホテルを出ると、初夏のまばゆい陽射しが二人を照らす。

「さ、今日はまず、主人公たちの通う学校のロケハンから始めるわよ？　今日中に市内の私立高を全部回って、まずはモデルの場所だけでも決めないと！」

「……『最初に取材する学校が一番この作品の舞台《ぶたい》として相応《ふさわ》しい』って、昨夜、夢の中でお告げがありました」

「だ〜か〜ら〜、取材始める前からサボろうとしないの！」

「せめてバスはやめてタクシーにしません？」

「駄目《だめ》よ、バス通学するキャラだっているかもしれないし、これもれっきとした取材の一《いっ》環《かん》なんだから」

確実に今年の最高気温を更新《こうしん》しそうなその陽気に、詩羽が出かける前から泣き言を並べ始める。

「けれど私、昨夜徹夜《てつや》でプロット書いてたから、途中《とちゅう》で体調崩《くず》して倒《たお》れるかも」

「そんなの、あなたが好きだからやったことでしょう？」

「好きだなんて言ってません。あんな無茶を強《し》いるくせに何の見返りもくれないプロデューサーなんて誰《だれ》が……」

「作品作りのことを言ってるんだけど……」

「もちろん理解してます。あんなプロデューサーの作る作品なんて好きでも何でもありません」

「…………」

「私何かおかしなこと言ってますか？」

さらに泣き言だけでなく、世迷《よま》い言まで言っているような気がしたが、まぁそれはそれとして……

「はいわかったわかった。それじゃ行くわよ～」

「だるい……」

それでも詩羽は、これからも泣き言や世迷い言をぶつけながらも、その頼《たよ》りになる人生の先輩《せんぱい》の後をついていく。

「ところでさっき、あなたたちの部屋の近くで張り込みしてた時、TAKI君の人知を超《こ》える悲鳴が聞こえてきたんだけど、あなた一体彼にどんな酷《ひど》いことをしたのよ？」

「帰る。今すぐ帰る」

栄《は》えあるオタの凱旋《がいせん》だ

「秋葉原《あきはばら》だ……」

そう、そこは秋葉原だった。

ついでに言えばＪＲ秋葉原駅電気街口だった。

さらに補足すれば、電気街口を出て右に曲がったところにある、ガ○ダムカフェやＡ○Ｂカフェが立ち並ぶ（二〇一五年現在）広場のところだった。

「帰ってきたよ……わたし、このオタクの聖地に帰ってきたんだよ～！」

そんなオタク街の真ん中でオタク愛を叫《さけ》ぶ女の子……その名を波島出海《はしまいずみ》という。

昨日までの三年間を名古屋《なごや》という大地方で過ごし、そして父親の転勤とともに満《じ》を持して始発の新幹線で東京入りした、オタクの空気に飢《う》えた少女だ。

「Ｕ○Ｘ！　ダ○ビル！　ア○レ秋葉原！　変わってないなぁ！」

今、彼女が『懐《なつ》かしい』と称《しょう》した建物が、どれも一〇年前には完成していなかったという事実が、彼女の中学三年生という若さと、この街の日進月歩の歩みを際立《きわだ》たせないでもなかったがまぁそれはさておき。

彼女の、まるでお上《のぼ》りさんみたいな東京賛美を、まだショップも開店していない午前九時前の秋葉原を歩く通勤途中の人々は気にすることもなく……いや気にしていたとしても他人の素振《そぶ》りでさっさと歩き去る。

そう、たった一人を除いては……

「へぇ、出海は随分《ずいぶん》と秋葉原に思い入れがあったんだね」

「あ、ごめんねお兄ちゃん。無理に付き合わせちゃって」

「いいさ、どうせ父さんたちと合流する夕方までは暇《ひま》なんだ。今日は一日、ずっと出海のお供をするよ」

そしてオタク街の真ん中で超《ちょう》リア充《じゅう》っぽく決める男子……その名を波島伊織《いおり》という。

昨日までの三年間を出海同様名古屋で過ごし、今日から都民へとステータスチェンジした、オタクとはまるで関係なさそうな好青年だ。

「別にわたしに合わせなくてもいいよ？　お兄ちゃん、秋葉原なんて興味ないでしょ？」

「いや、まぁ……そんなこともないさ」

「けどわたし、今日行くところ全部〝そういう〟場所だよ？」

「たまには！　たまには目先を変えて〝そういう〟場所を回るのも悪くないさ」

……少なくとも出海の認識では。

「とらの○な！　ゲー○ーズ！　ソ○マップ！　ああ懐かしい！　なんだかちっとも変わってない気がするよ！」

「と○のあなは向かいにC店もできたし、ゲー○ーズの向かいには新しいラ○オ会館が建ってるけどね」

「え？　何か言ったお兄ちゃん？」

「いやぁ、どこの店も確か名古屋にもあったんじゃないかなって！」

「そりゃ確かに名古屋にもあったけど、やっぱりこっちが本店だし、規模も違《ちが》うし、感動を抑《おさ》えきれないよ！」

「……そりゃよかった」

「あ、ごめんねお兄ちゃん。一人で熱くなっちゃって」

「いや、別にそれはいいんだけど……」

「じゃん○らあめん！　スパゲッティーの○ンチョ！　伝説の○た丼《どん》！　この辺りは名古屋にもないグルメだよねぇ！」

「いや老舗《しにせ》なら雁《がん》○、新興なら牛かつ壱《いち》○参《さん》を推《お》すけどね僕は」

「え？　何か言ったお兄ちゃん？」

「い、いやぁ、どこの店もカロリー高いから太るよ出海！」

「やだぁお兄ちゃん、女の子に向かって～」

「あ、あはは、ごめんごめん」

そう、出海の認識の中で〝秋葉原童貞《どうてい》〟なはずの伊織の正体は、実は出海をも凌《しの》ぐほどの超ディープな秋葉通なのだ。

それこそ、秋葉原にある某《ぼう》ライブハウスの顔役だったり、某メイドカフェの立ち上げに絡《から》んでいたり、某業界人が集まる変な飲み屋の常連だったりと枚挙にいとまがない。

それこそが、妹で、オタクでもある出海も知らない兄、波島伊織の裏の顔。

出海よりもずっと年季の入った、そして筋の悪い、ゴロと呼ばれる糞《くそ》オタクという真の姿なのだ。

「それじゃ駅の方へ戻《もど》るよお兄ちゃん。信号渡《わた》ってコミックZ〇nやメ〇ンブックスの方もチェックしなくちゃ！」

「いや信号渡る前にこっちの通りにもメロ〇ブックス２号店があるんだけどね」

「え？　何か言ったお兄ちゃん？」

「いやぁ、そろそろ話題についていけなくなってきたなぁって、あはは……」

けれど伊織は、生まれてこの方、その裏の顔を出海に見せたことはない。

だから出海にとって伊織は、リア充で、結構チャラくて、けれどオタクの自分にも寛容《かんよう》な『優しいお兄ちゃん』のままだった。

それが彼の見栄なのか、後ろめたさなのか、それとも戦略なのか……正確に把握《はあく》しているのは、今のところ彼自身しかいない。

※　※　※

「池袋《いけぶくろ》だ……」

続いて、そこは池袋だった。

ついでに言えばＪＲ池袋駅東口だった。

さらに補足すれば、東口から徒歩数分、中池袋公園のすぐ隣《となり》にある大きなビルの目の前だった。

「帰ってきたよ……わたし、この乙女《おとめ》の聖地に帰ってきたんだよ～！」

秋葉原を一時間ほどうろついた後、二人はショップの開店時間を待つこともなく、山手線に乗って、この開店直後の建物の前に降り立った。

そう、そこはアニ〇イト池袋本店（二〇一五年現在）。

乙女ゲーである『リトルラブ・ラプソディ』でオタクに目覚めた出海にとって、真の聖地は実は秋葉原ではなく、この女性オタクが集《つど》う乙女の園なのだった。

「お、お兄ちゃん、わたし……」

そして、そんな真・聖地を前に、完全に目の色が変わった出海が、それでも兄を思いやるかのように瞳《ひとみ》を揺《ゆ》らす。

「ああ、行っておいで、出海」

けれど伊織の方は、何もかもわかっているかのような寛容な声と仕草で、出海の背中をそっと押す。

……いや実際何もかもわかっているのだが。

「ご、ごめんね？　すぐ戻るから……」

「いいよ、僕はどこかで時間潰《つぶ》してるから、終わったら電話してくれれば」

「そ、そう……それじゃ、行ってきてもいい……？」

「ああ、頑張《がんば》っておいで」

その伊織の言葉とともに、出海の、さっきまで揺れていた瞳が炎《ほのお》の色に染まっていく。

決意の表情でビルを見上げ、両腕《りょううで》にぎゅっと力を入れ、そのせいで寄せられた胸がぽよんと弾《はず》み……

「待っててぇぇぇぇ〜！　幹也《みきや》ラバストぉぉぉ〜！」

最後に、そんな意味不明の叫びと共に、出海は店内に消えていった。


「さてと……それじゃ僕も行こうかな」

そして戦場に赴《おもむ》く妹を優しい兄の目で見送った伊織は、けれど次の瞬間《しゅんかん》、妹と同じような戦士の目となっていた。

「東京に戻ってきたことだし、当座の活動資金を調達しなくちゃね……」

しかし伊織の戦いは、妹のような、消費者としての戦闘《せんとう》ではない。

「サークル○○○のサン○リ新刊の買い取り価格が八千。サークル×××が五千か……さて、池袋では何部売るかな」

そう、彼が今から赴く先は、Ｋ―Ｂ○ＯＫＳ池袋店。

イベント頒布《はんぷ》価格にして数百円の本を数千円、下手《へた》をすれば万越《ご》えで売りさばく、錬金《れんきん》術師《じゅつし》としての戦闘だ。

「東京はパイがでかいからいい……この値付けの的確さが名古屋との違いだよね」

ついでに言えば、彼が手に入れた本というのは、わざわざサークルに並んで限定数いっぱい買い、さらにループするなどという泥臭《どろくさ》い手法で手に入れたものではない。

様々な手法で作り上げた人脈をフルに活用し、開場前の挨拶《あいさつ》で取り置きを頼《たの》んだり、下手をすれば搬入《はんにゅう》の時に段ボールごと直接抜《ぬ》いたりして手に入れた、手間も相当に低い、費用対効果の高い逸品《いっぴん》だ。

なにしろ伊織の座右の銘《めい》は、かつてガン〇ムWの某キャラが口にした『コトは全てエレガントに運べ』なのだから……

※　※　※

「よかったぁ〜！　缶《かん》バッジもクリアファイルも、それどころかスリーブまで手に入っちゃったよぉ！」

「そ、そうかい……よかったね出海」

結局、二人が池袋を出て電車に乗ったのは、昼もだいぶ過ぎてからのことだった。

そう、二人して、昼食をとるのも忘れるくらい、買い物や売り物に夢中になっていたから……

「名古屋の時は、発売日に行ってもなかなか買えなかったんだよ〜。予約はすぐに締《し》め切っちゃうし、買えても一限だったりして」

「へ、へぇ、そうなんだ……大変だなぁ出海も」

「……あ、ごめんね。また意味不明なこと話しちゃった」

「いや、別に……」

出海の話している内容は、伊織にとっては確かに新鮮《しんせん》で、確かに意味不明だった。

けれどそれは、出海が想像している『意味のわからなさ』とは全然違っていて……

なぜなら伊織にとって、オタク商品というものは『金とコネで手に入らないものはない』類《たぐい》のものだから。

「でもやっぱり、こうして本気で欲しいものが手に入った時の幸福感って最高だよ！」

「そうだね」

「うんうん、それもこれも、みんな倫也《ともや》先輩《せんぱい》のおかげだよ～」

「……そう、だね」

オタクの世界においては、出海は、伊織ではなく〝彼〟の薫陶《くんとう》を受けている。

欲しいモノがあれば、指定された時間に並び、正しく予約して、正規のお金を支払《しはら》って手に入れる。

その正しいルールの中で全力を尽《つ》くした末に、もし手に入らなかったとしても、諦《あきら》めずにまた次の戦いを待つ。

販売《はんばい》する側に文句を言ったり、ネットで悪口を拡散したりはしない。

そして、転売目的のオークションには絶対に手を出さない。

誰《だれ》かと交換《こうかん》するとしても、あくまでその商品の正規販売価格を基準にする。

製作者に正しくお金が回らないような取引は絶対にしない。

その、正々堂々がゆえに、回りくどくてもどかしくて勝ち目の薄《うす》い戦いは、伊織にとってはとても愚鈍《ぐどん》に映る。

けれど……

「んふふふふ～、やった、やったぁぁ……」

「………」

こうして今、買いまくったグッズをぎゅっと幸せそうに胸にかき抱《いだ》く出海を見ていると、伊織は、自分のその感覚が、幸せなのかそうでないのかわからなくなる時がある。

※　※　※

そして、陽が西に傾《かたむ》き、ほんの少し赤みを帯びてきた頃《ころ》。

「とうとう、とうとう来たよ……東京ビッグサイトぉぉぉ～！」

「……そうだね」

二人は、りんかい線の地下ホームを降り、国際展示場駅の出口から、東京ビッグサイトの威容《いよう》を見上げた。

「やっぱりここからの景色は最高だよ、オタクの夢だよ……あ、ごめん、お兄ちゃん的には全然ピンとこないよね？」

「あ、別に……いや、確かに僕には、この景色の感動はイマイチわからないかも」

そう、確かに伊織には、この場所からの景色はピンと来なかった。

……なぜなら伊織がビッグサイトに来る時は必ず、りんかい線ではなくゆりかもめの国際展示場正門駅を利用していたから。

地下の暗いトンネルを潜《くぐ》るより、海の上から見下ろすお台場の景色が……具体的にはフジテレビとかがお気に入りだったから。

何しろ『局プロになって自分の思うままにアニメを作りまくる』という選択肢《せんたくし》も、伊織の頭の中にずっと君臨し続けている未来だから。ノイタミナ万歳《ばんざい》。

「こっちの階段が西四階の企業《きぎょう》ブース！　こっちの入口がサークルスペース！　入って左が東館、右が西館！」

西館の階段を上り、展示場の入口に近づくにつれ、ただでさえテンションの高かった出海の声がますます上ずっていく。

「おいおい、走るなよ出海」

「あ、そうだったそうだった……コミケ開催《かいさい》中は走っちゃいけないし、エスカレーターで歩いてもいけないんだったよね～」

「いや、そういう期間限定の話じゃなくてね……」

少しばかりクールダウンさせようと伊織が諭《さと》しても、もう出海の高まってしまった熱は少しも冷めようとしない。

けれどそれは、ここ数年間の彼女を考えれば当然のことかもしれなくて……

「いよいよコミケだ……来月だ。サークル参加だ。お祭りだ……っ」

「ああ、そういえばそうだね」

波島一家が、父親の仕事の都合で名古屋に引っ越すと決まった時、一番抵抗《ていこう》して一番泣いて一番愚図《ぐず》ったのは出海だった。

本来なら、高校受験を翌年に控《ひか》えた伊織の方が影響《えいきょう》が大きそうだったけれども、彼の方は、名古屋でのしばらくの雌伏《しふく》を甘んじて、というか余裕《よゆう》を持って受け止めた。

そこには、『東京なんかいつでも来れる』という余裕と、『まず地方を掌握《しょうあく》するのも悪くないし』という計算と、『それに、何人かめんどくさい関係になっちゃったコたちと切れるいいチャンスだし』とかいう打算があったりしたけれどまぁそれはさておき……

「倫也先輩、来てくれるかな？　わたしの同人誌、読んでくれるかな……？」

「……どうだろうね」

けれど伊織よりも二つ幼いだけの出海は、そこまでの覚悟《かくご》も経験も黒さもなく、目覚めたばかりのオタク趣味《しゅみ》を一緒《いっしょ》に語れる唯一《ゆいいつ》のオタ友《倫也》と離《はな》れ離れになってしまうことを、ただひたすらに悲しんだ。

……まぁ、その男友達への好意が、単なる同志的なものだけだったのかというのは、当時小学生だった出海にはわかるはずもないし、伊織にも微妙《びみょう》に判断はついていなかったけれど。


「ね、倫也先輩……わたし、ここまで来たよ？」

二人以外に誰もいないビッグサイトの広場で、出海は空を見上げ、想《おも》いをこぼす。

「ゲームを好きなまま、アニメを好きなまま、ずっと名古屋で頑張ってきたよ？」

それはまぁ……もし一般人《いっぱんじん》が見ていたら、相当に痛々しい光景なのは間違《まちが》いないけれど。

「何人か友達もできて、いくつか小さなイベントにも出て、何冊か本も作ってきたよ？」

けれど、ここにいるのは身内だけ。

それに、オタクだけだから……

「だから夏コミ、絶対に来てね……そして、わたしの同人誌、読んでください……っ」

だから伊織は、そんな妹の少し痛々しい湾岸《わんがん》ポエムを、ほんの少しだけ眩《まぶ》しく見つめた。

少しだけ、今の自分の卑《いや》しさに、ちくりと胸を痛めつつ……


「……あれ？」

と、自分の胸を見ると、ポケットのスマホがさっきから揺《ゆ》れていた。

どうやらちくりと来ていたのは、感傷というより単なるバイブレーターだったらしい。

「あ」

そして、その着信を届けてきた相手は……

「はい、波島……」

『今日着いたんだって？　お帰り～』

それはもう、たった今伊織が感じていたセンチメンタリズムを鼻で大笑いしてヒールで踏《ふ》み潰《つぶ》すような天才おばさん。

「相変わらず情報が早いですね、朱音《あかね》さん」

『あんたが一部で有名なんでしょ。秋葉からも池袋からも連絡《れんらく》飛んできたわよ？』

「それって、歓迎《かんげい》されてるのか疎《うと》まれてるのかどっちなんでしょうね？」

『そうね、女の子に大歓迎されて、男に大ひんしゅく買ってるって感じかしら』

「それで、朱音さんは？」

『おいおい、私だって女の子だよ～？』

「……そりゃ、どうも」

そんな彼女の名は、紅坂《こうさか》朱音。

出せば一〇〇万超《ご》え確実な、超《ちょう》売れっ子漫画《まんが》家《か》にして漫画原作者。

そして、伊織のゴロとしての能力を見出《みいだ》し、自らのサークル『rouge en rouge』にプロデューサーとして引き入れた張本人。

そしてそして、今回の夏コミから、サークル運営を伊織に任せ、ますます商業の仕事を増やそうと画策しているスーパークリエイター。

『な～んか反応薄いわね～。デート中にお邪魔《じゃま》だった？』

「……もしかして見てるんですか？　僕のこと」

『あんたが私の視界にいるのが悪い』

「……今、どこに住んでましたっけ？」

『先月から有明《ありあけ》～』

「…………」

周囲を見上げると、いつの間にかこの辺りにも、国際展示場よりも遥《はる》かに高くそびえるタワーマンションが立ち並んでいた。

そのどれも、一戸《こ》の価格が億に届くんじゃないかと思わせるロケーションと豪華《ごうか》さだったけれど、まぁ彼女の財力をもってすれば何の問題もないだろう。

『で、何？　今連れてるコがこの前言ってた凄《すご》いイラストレーター？　確か柏《かしわ》なんちゃらっていう……』

「違《ちが》います、妹です。それも実妹《じつまい》」

ついでに言えば、柏なんちゃらではなく柏木《かしわぎ》エリだ。

『なぁんだ、早速寝技《さっそくねわざ》に持ち込んだかと思って感心してたのに』

「すいません妹が隣《となり》にいるって言いましたよね？　もう少し小さな声でお願いします」

まぁ、財力があろうが何であろうが、このアラサー女性のアレさは何があっても揺るがないというのは、昔からの付き合いである伊織の骨身にしみている。

『まぁいいや。確か今度の夏コミで引きずり込むって言ってたわねそのコ。その時にどれだけのモノか見せてもらいましょ』

「お楽しみに……僕と同い年だけど、かなり安定した絵を描《か》きますよ？」

『おいおい、安定してるクリエイターなんてつまんないなぁ～。もうちょい化け物みたいに振《ふ》れ幅《はば》の大きい奴《やつ》いないの？』

「そういうあなたみたいな怪物《かいぶつ》は今の僕には扱《あつか》い切れません」

『なんだよ～、お前も若いんだから、そういうつまんないこと言うなよ伊織～』

「若いからこそ弁《わきま》えてるんですよ……〝今の〟自分の実力をね」

『……ほ～』

「ま、もう少し見守っててくださいよ……すぐにのし上がっていきますから」

そして、そんな彼女の言動につられて……

いや、同調して、伊織もいつもの調子を取り戻《もど》していく。

「そうだなぁ……高校を卒業したら、僕も有明のマンションに住んでみせますよ？」

最強の同人ゴロになるという、いやらしい野望を抱《かか》えた表情へと変わっていく。

『あ～、下の階に、あんたなら今すぐに住まわせてもいいってコならいたよ？　なんなら紹介《しょうかい》しようか？　男と女どっちがいい？』

「………今のところは一人の女性、いや男性にも縛《しば》られるのは御免《ごめん》です！」

『飽《あ》きたら乗り換《か》えればいいじゃん。それがゴロってもんでしょ？』

「いやそれはヒモですから……相変わらずゲスいですね朱音さん」

『日本一ゲスくなりたいっていつも言ってるあんたが今さら何言ってんの？』

「僕は、オタクとして誰《だれ》にも負けたくないだけですよ」

そう、親友にも……


「そろそろ行こうかお兄ちゃん？　もうすぐお父さんとの待ち合わせの時間だよ？」

「はいは～い、わかったよ出海。それじゃ朱音さん、また！」

そして伊織は、あんな濃《こ》くて黒い話をしていたにもかかわらず、あっという間に『妹に振り回されているいい付き合いのいいお兄ちゃん』の顔を取り戻し、いそいそと出海の後を追いかける。

「そういえば、新しい中学の制服届いてるかなぁ？」

「着ていくのは始業式からだろ？　まだ一月《ひとつき》以上もあるよ？」

「だって、倫也先輩《せんぱい》に会いに行く時に着ていきたいんだもん！」

「あ～、なるほどねぇ」

「豊ケ崎《とよがさき》学園って、明日が終業式なんだよね？　つまり、あと一日しかチャンスがないってことだし」

「いや別に、夏休みに入ってから、家に挨拶《あいさつ》に行けばいいだけじゃないか？」

「わかってないなぁお兄ちゃん。だって妹系後輩だよ？　校門の柱に背中を預けて出待ちっていうのが定番だよ！」

「本当にお前、倫也君に毒さ……影響を受けてるんだなぁ」

「ところでお兄ちゃんは明日どうする？」

「ああ、僕も知り合いに会いに行こうと思ってるんだよ……最大の敵にね」

「ということは、お兄ちゃんにしては珍《めずら》しく男の人に会いに行くんだね？」

「いや、それはね出海……まぁそうなんだけど」

せっかくの含《ふく》みを持たせた思わせぶりな言動も、何の事情も知らない純粋無垢《じゅんすいむく》な妹には通用せず、伊織は軽くため息をつく。

「ま、いいや、それじゃ駅に戻るよお兄ちゃん？」

「なぁ出海、帰りはゆりかもめに乗っていかないか？」

「それ思いっきり遠回りだよ？」

「別にいいだろ？　父さんなんか少しくらい待たせても」

端《はた》から見ると、単に仲のいい兄妹で。

いや、多分、本質的にも仲のいい兄妹で。

ただ、兄が妹に、一つの大きな秘密を持っているだけで。

『倫也先輩、待っててね……』

『やっと勝負だね、倫也君』

二人が思い描いた相手は、奇《く》しくも同じで。

けれど二人が思い描いた感情は、まるで正反対で。

妹は白い微笑《ほほえ》みを。兄は黒い笑顔を。

……そんな対照的な表情を見せているはずの二人だったけれど、なぜかその瞳《ひとみ》は、どちらも同じようにキラキラと輝《かがや》いていた。

大切な友、大切なトモ

注1：
このSSは諸事情によりTVアニメ『冴《さ》えない彼女《ヒロイン》の育てかた』Blu-ray&DVD第七巻の重大なネタバレを含《ふく》んでいます。ネタバレを気にされる方は七巻を先に鑑賞《かんしょう》いただいてからお読みください。

注2：
あと、『美智留《みちる》以外は誰が喋《しゃべ》ってるのかわからない』という方は、基本的に時乃《ときの》→叡智《えち》→佳《か》→藍子《らんこ》の会話順となっておりますのでご参考までに……

※　※　※

放課後の音楽室に差し込む夕陽が、少しずつ寂寥《せきりょう》感を感じさせるようになる九月……

「い、家出〜⁉」

……なのだけれど、そんなほの暗さに似合う静寂《せいじゃく》を思い切りぶち壊《こわ》す高い声が辺りに響《ひび》き渡《わた》る。

「しいっ！　声が大きいよトキ！」

「だ、だってだって！　いきなりそんなこと言われても！　ど、どどどどうするのよミッチー！」

随分《ずいぶん》とテンパった様子で小動物みたいにちょこまか動き回るのは、サイドポニーの小柄《こがら》な可愛らしい女の子。

椿《つばき》姫女子高校二年五組、姫川《ひめかわ》時乃……仲間内ではその名から、トキというニックネームで呼ばれている。

「どうするもこうするもないよ、あたしたちのバンド活動を認めるまで家には帰らない……これはあたしたち『icy tail』の覇道《はどう》に対しての明らかな妨害《ぼうがい》工作だよ！」

「あんたが親とうまくいってないだけの問題をあたしたちにおっかぶせないでよ〜」

そして次に、少し冷たげでシニカルなツッコミが続く。

「え〜、そんな言い方ってないじゃんエチカ！」

「いや、別にあたしたち後ろ暗いことやってる訳じゃないし、だいたいあんた以外、とっくに親の許可もらってるし」

机に頬杖《ほおづえ》をつきながら、そばかす顔に呆《あき》れた表情を浮《う》かべ、ショートの髪《かみ》をふわりと揺《ゆ》らす女の子。

椿姫女子高校二年一組、水原《みずはら》叡智佳……仲間内ではその名から、エチカというニックネームで……いやこれ声に出したら単なる本名ですね。

「そんな薄情《はくじょう》なこと言わないでよ～！　『icy tail』は四人揃《そろ》ってこそじゃん！」

「……うん、ミッチーの言う通りだよ」

そしてそして、そんな嫌《いや》な場の雰囲気《ふんいき》を、穏《おだ》やかな声が優しく包み込む。

「ラ、ランコ……あんただけだよわかってくれるの……っ」

「うん、だから頑張《がんば》ってミッチー。私たちは草葉の陰《かげ》から手だけ振ってるから」

「ちょっ！　それなんにも手伝わないってことじゃん!?」

「うん、慈悲《じひ》はない」

そんな優しげな口調ながら、内容は結構辛辣《しんらつ》なことを言い放ちつつ、おさげ髪を弄《いじ》っている、ほんのちょっとのぽっちゃり具合が魅力《みりょく》的な女の子。

椿姫女子高校二年五組、森丘《もりおか》藍子……仲間内では……ああ、はい、そのままランコと呼ばれてます。

「あ～もうっ！　女の友情なんてこんなもんか～！　あたしが人生に絶望して自暴自棄《じぼうじき》に

なっても構わないのか～！」

そしてそしてそして、さっきからその三人と喧々囂々《けんけんごうごう》の口論をしている、元気でボーイッシュで大ざっぱな口調と声。

「あ、それこそロックだよミッチー」

「そうそう、ドラッグとセックスに溺《おぼ》れたりね～」

「……バンド活動に影響《えいきょう》が出ない程度にはっちゃけるなら見逃《みのが》してあげる」

「お～ま～え～ら～！」

身勝手で自分勝手で手前勝手な言い分を並べ立て、全否定に逆ギレで返しつつ、癖《くせ》のあるショートの髪を振り乱す、長身でカモシカのようにしなやかな肢体《したい》が魅力的な女の子。

椿姫女子高校二年三組、氷堂《ひょうどう》美智留……本人の熱い申し立てにより、仲間内では、ミッチーと呼ばれている。

そんな四人が集《つど》っているのは、都内の豊《とよが》ヶ崎《さき》学園……ではなく、関東某《ぼう》県の椿姫女子高校にある音楽室。

先ほど彼女たちが話していた通り、しばらく学校を欠席していた美智留が久々に（昼過ぎに）登校しての、久々の課外活動の光景だった。

「ま、ミッチーに言いたいことはまだまだ山ほどあるけど、それでも何とかしないと」

「まぁね～、とりあえずしばらくは自主練でしのぐとしてもさ～」

「……ライブの話も来てるし、ずっと合わせられないのはマズいよ」

「わかってる、わかってるって～！　あと一週間以内には何とかするから！」

ちなみに、彼女たちが今こうして頭を悩《なや》ませているのは……まぁ、会話の端々《はしばし》からお察しとは思うが、バンド活動についてだった。

彼女たちがこの学校に入学してすぐ、時乃《トキ》、叡智佳《エチカ》、藍子《ランコ》の三人で結成した名もないガールズバンドに、美智留《ミッチー》が途中《とちゅう》加入したのがちょうど一年ほど前。

メンバーが四人となり、しかも校内で絶大な人気を誇《ほこ》る（なお女子高）美智留がボーカルを務めることになったそのバンドは、『icy tail』というバンド名と、学園祭でのステージの大成功という勲章《くんしょう》をひっさげ、今や校内だけでなく、周辺のライブハウスにも噂《うわさ》が上るほどの人気バンドへの道を駆《か》け上がりつつあった。

まぁ、だからこそ、その〝今だ！〟というタイミングで、このようなバンド活動の存続にかかわる問題に直面するのはとてもマズい訳で。

「って、一週間も家出するつもり!?　ちょっとミッチーそれはまずくない？」

「ネットカフェ渡り歩くにしても限度あるっしょ～。なんならランコんち泊《と》まる？」

「……ちょっと待って、なんで私の家？」

「だ、だってほら、わたしたちの部屋だとオタバレ……じゃなくて散らかってるし！　色々と！」

「その点ランコならにわか……質素だから、部屋に色んなモノが転がってないかな～って」

「……それ色々と失礼極《きわ》まりないんだけど。私に対して」

その時三人は、実はとてもネタバレ的に危険な会話をしていた。

「あ～、そっちは大丈夫《だいじょうぶ》。とりあえずトモんとこに世話になってるし」

けれど、自分のことでいっぱいいっぱいだった美智留は、そのクリティカルな会話を追《つい》及《きゅう》することなくあっさりスルーした。

しかし……

「トモ？」

「誰《だれ》それ？」

「……もしかして男の人？」

「……あ」

三人の方としては、美智留のクリティカルな失言にスルーで返す義理などない訳で……

※　※　※

「い、イトコ⁉」

「マジで男子っ！」

「……しかも同い年？」

「ちょっ、なんでそんな反応するかな〜？　ただの親戚《しんせき》じゃん」

という訳で何故《なぜ》か、このように三人揃って物凄《ものすご》い食いつきだった。

「で、でででもっ、同じ日に同じ病院で生まれたって！」

「親戚んちに毎年一緒《いっしょ》に泊まって二人きりで野山を駆け回ったって」

「……一緒にお風呂《ふろ》にも入ったって」

「え〜、そんくらい、身内ならよくあることでしょ〜が」

とはいえ、普通《ふつう》の女子たちなら、ただ同い年の男子のイトコだからというだけでは、これほどまでに超《ちょう》反応を返すこともなかっただろう。

しかし……

「よくはないよぅ、それってとっくに個別イベントだよぅ」

「フラグ立ってる超立っちゃってる！」

「……明らかにそれ攻略《こうりゃく》対象ヒロインの一人だよミッチー」

「イベント？　フラグ？　攻略？　なにそれ？」

「あ、いや」

「それはその」

「……ねぇ」

彼女たちの、この特殊《とくしゅ》な食いつき方には、とある理由があった。

それは……

「だいたいトモの奴《やつ》、生意気にも豊ヶ崎なんかに通ってるし、しかもさっきも言った通りオタクだし、そういうネタには全っ然反応しないんだよね～」

「豊ヶ崎っ⁉」

「それでいてオタクって！」

「……なにその超優良物件」

「え？」

「あ、いや」

「それはその」

「……ねぇ」

おわかりいただけただろうか？

都内私立の中でも、坊《ぼっ》ちゃん嬢《じょう》ちゃん校としてそこそこのステータスを誇る豊ヶ崎生であることと同じくらい、いやそれ以上に〝オタク〟というステータスを、彼女たちが〝超優良〟と称《しょう》したことを。


「ね、ねぇミッチー……で、その彼、カッコいい？」

「何言ってんの、相手はオタクだよオタク？　部屋なんかアニメやゲームで一杯《いっぱい》でさ、壁《かべ》にもポスター貼《は》りまくりだし」

「いやだからこそ……じゃなくて、そんなことは気にしないから！」

「……トキ？」

椿姫女子高校二年五組、姫川時乃……実は声優（男女問わず）にご執心《しゅうしん》で、毎月のようにオタク系ライブに通いまくる、いわゆる〝声豚《こえぶた》〟。

「だいたいさ〜、あんたのイトコなんだし、実際それなりに見れる顔なんでしょ？」

「まぁ、子供の頃《ころ》なんか、あたしよりも可愛いって親戚に言われてたし、今でも眼鏡外せば結構……で、でもほら、オタクだから女の子に興味なさそうで」

「そんなのは会ってみなくちゃわかんないじゃん！　会わせなよ〜、出し惜《お》しみすんなよミッチーってば〜」

「……エチカ？」

椿姫女子高校二年一組、水原叡智佳……実は二〇生でボカロＰや歌い手にどっぷりハマり込み、○会議とかでお持ち帰りされそうになったこともある、いわゆる〝ボカロ厨《ちゅう》〟。

「……やろうよ、ミッチー」

「って、何を？」

「……いやだから、えっと、合コン、とか」

「……ランコ？」

椿姫女子高校二年五組、森丘藍子……実は中学の時に某バンドアニメにドハマりし、通《つう》販《はん》で数十万もするドラムセットを買ってしまったという、いわゆる、痛々しい〝にわか〟。

と、ここで読者にだけネタばらし。

実はここにいるバンドメンバーのうち、美智留以外は全員仕掛《しか》け人……ならぬ、オタクであった。

一年生の時、偶然《ぐうぜん》同じクラスになった三人は、たまたま藍子がカバンにぶら下げていた某バンドアニメキャラのストラップがきっかけで意気投合し、アニソンバンドを結成するに至った。

しかしその、仲間内で適当に演奏して楽しむだけのはずだった名もなきアニソンバンドに、校内の人気者で、しかもまったくオタクネタに疎《うと》い美智留が加わったことが、バンドの方向性を微妙《びみょう》に変えていった。

いや、演奏する音楽の方向性は変わらなかったけれど、自分たちの演奏する曲を『アニソン』と表現するのをやめ、いかにも普通のガールズバンドであるかのように振《ふ》る舞《ま》うようになった……主《おも》に身内に対して。

「オタクでもいい！　ミッチーのイトコ見てみたい！」

「会わせろ会わせろ～、トモに会わせろ～」

「合コン、合コン」

まぁ要するに何が言いたかったかというと、彼女たちにとって、都内の坊ちゃん私立校のオタク男子などという存在は、対外的にも趣味《しゅみ》的にもどストライクだったという訳で……


「ちょ、ちょっと……あんたたち、マジ？」

「マジマジ大マジ！　女子高の出会いの少なさなめんな～」

「いや女子高全般《ぜんぱん》の話じゃないでしょウチらのガッコだけでしょ」

「合コン、合コン」

で、そんな彼女たちの予想もしなかった攻勢《こうせい》に、当の美智留もこれには思わず苦笑い……とはいかず、きょとんとした反応に始まり、徐々《じょじょ》に戸惑《とまど》いを浮《う》かべ始め……

「け、けどさぁ……トキ、あんた、いっつも電車で一緒になる池永《いけなが》工業の男子が気になるって言ってたじゃん」

「それとこれとは話が別だよ！　出会いなんかいくつあったって困るもんじゃなし」

「そ、それにエチカ！　あんた男いるんでしょ？　さんざ自慢《じまん》してたじゃん！」

「あ～、あれは単なる友達だって～……友達なら何人いても問題ないよね？」

「ランコは……今はドラムに夢中で男なんか作ってる暇《ひま》ないって……あれ嘘《うそ》だったの⁉」

「……音楽やっていく上で色んなことに興味持つのは悪くないことだよ、ミッチー」

「え、えっと、けど、それは、だから……」

そして、ちっとも収まりそうにない友人たちからの突《つ》き上げに、青ざめていた顔色を、徐々に赤へと染め上げて……


「……会わせる訳ないじゃん何言ってんの」


「「「あ」」」

やがて、静かに爆発《ばくはつ》した。


「どうせアレでしょ？　あたしの親戚がオタクだからって、なんだかんだでイジって笑い者にするつもりなんでしょうが」

「え？　ちょっと待ってミッチー？　わたしたち笑うつもりなんか全然……」

「そういうのムカつくんだよね……あんたたちにトモの何がわかんのかなぁ」

「だ、だから、そんなの会ってみなくちゃわからな……」

「会ったらやっぱり笑うかもしんないじゃん……本質とか全然見なくて、ただオタクだからって馬鹿《ばか》にするかもしんないじゃん！」

「……え？　えぇぇ？」

三人とも『本質的にオタクを馬鹿にしてるのはどっちなのよ……』とツッコミたいのは山々だったけれど、今はただ、その理不尽《りふじん》な怒《いか》りに飲み込まれ、反論も忘れて呆然《ぼうぜん》と美智留を見つめる。

「駄目《だめ》、そういうの駄目。トモを笑い者にしていいのはあたしだけ。だってあいつはあたしだけの家来だもん」

「う、うわぁ……」

「だいたいね、トモの本質ってのはそういうところじゃないんだよ？　本当は芯《しん》が強くて、イザって時には頼《たよ》りになる男の子なんだ……あたし、そういうところに何度も救われたんだよ……っ」

「そ、そう？　よかったね……」

「なのに、そういうの全然知らない、見たこともないあんたたちが、トモのこと、やいのやいの言うのって……あ～っ、想像しただけで腹立ってきた～！」

「……ミ、ミッチー？　落ち着いて」

「あ～もうっ、出てって！　ちょっとの間だけ、あたしを一人にしといてよ～！」

※　※　※

「ど、どうしよっ⁉」

「どうしようも何も」

「……ミッチーの怒りが収まるのを待つしかない」

音楽室と扉《とびら》一枚隔《へだ》てられただけの廊下《ろうか》に、激しいギターの音色《ねいろ》が漏《も》れ聞こえてくる。

そんな、突然《とつぜん》始まった放課後の喧騒《けんそう》の中、あえなくその場から追い出されてしまった三人は、廊下の隅《すみ》でこそこそ顔を突き合わせ、困った表情で一斉《いっせい》にため息をつく。

「ていうか、今のこの状況《じょうきょう》だけじゃなくてさ、家出はマズいよ家出は！」

「ミッチーが練習に参加できないとなると、ウチら開店休業状態だもんね〜」

「……ごめん、お飾《かざ》りのリーダーで」

そう、今の三人には、ため息をつくしかやることがない。

何しろ『icy tail』が発足《ほっそく》し、四人組になってからの彼女たちは、その売りのほとんどをボーカルである美智留に頼り切ってしまっていたから。

今や『美智留がいなければ成り立たないバンド』というより、『もう全部あいつ一人でいいんじゃないかな』なバンドになりかかっていたりする。

「やっぱりさ、ここは何とかミッチーを説得して、まずは家に帰らせないと」

「でも逆に、このまましばらく男と一緒《いっしょ》に暮らさせて、その顛末《てんまつ》を確かめてみたい気も」

「……それ興味あるかも」

「だ、駄目だよ！　ミッチーって実のところ全然男に免疫《めんえき》ないじゃん！」

「だからこそ、ハマるとヤバそうだよね〜」

「……今度はエッチの才能に目覚めたりして」

そんな危機的状況にもかかわらず、三人は、心配してるんだか煽《あお》ってるんだかよくわからない相談を繰《く》り広げてしまう。

まぁ、それも仕方ないことなのかもしれない。

何しろ今回（に限らず）、美智留の抱《かか》えている問題は、何一つ同情の余地がない。

親との軋轢《あつれき》は今に始まったことではなく、家出先の男女関係にしたって、元はと言えば自分から機密漏洩《ろうえい》したことがこの騒《さわ》ぎの原因だ。

しかも彼女が〝トモ〟と呼ぶ同い年のイトコの男子についても、自分は散々《さんざん》オタクだと馬鹿にしていたくせに、他人が馬鹿に……してもいないのに勝手に想像して勝手にキレる。

それでいて、これは三人も知らないことだけれど、実はその〝トモ〟の方には『ウチのバンドのコ紹介《しょうかい》しようか？』などとうそぶいているというダブスタっぷり。

そんな、まるでイトコの彼のことを自分の所有物のように扱《あつか》うその身勝手さに、彼女たちは……

「でもさ、今のミッチー……萌《も》えるよね？」

「激萌え〜」

「……可愛い」

アニメやゲームの『普段《ふだん》はがさつだけど時おり乙女《おとめ》な反応を見せる、暴力系ベタ惚《ぼ》れ身内ヒロイン』の系譜《けいふ》を感じ、キュンキュンしていた。

※　※　※

「あ、あのさ、ミッチー」

音楽室のギターの音がやんだのは、三〇分後のことだった。

「あたしたち、あれから色々と考えたんだけどさぁ」

恐《おそ》る恐る、ふたたび扉を開いた三人の視線の先には、相変わらずギターを抱えたままの美智留が、けれど三〇分前よりもすっきりした表情で机の上に座っていた。

「……私たち、何があってもミッチーの味方だよ」

だから三人は、その美智留の表情に勇気をもらい、自分たちの想《おも》いを伝える。

「その、トモって男の子の部屋に、気が済むまでいてもいいよ？」

「うんうん、腰《こし》を振って……じゃなくて腰を据《す》えて頑張《がんば》っていこ」

「……じっくり、お父さん説得していこうよ、ミッチー」

『このままの方が面白《おもしろ》そうだからもう少し様子を見てみよう』という、とてもとても無責任な想いを。

……いやいや、それだけではなく、このままの方が、彼女たちがずっと思い描《えが》いていた〝本当の夢〟に辿《たど》り着くかもしれないという想いもあった。

そう、美智留がこのままイトコの男の子と仲良くなり、彼の影響《えいきょう》を受けてオタクに染まったりしてくれれば、『icy tail』はめでたくアニソンバンドとしての第二の人生を歩み始めることになるかもしれないのだから……

「うん、わかった。ありがとう」

そんな邪《よこしま》だけれど強い想いに、美智留はようやく、にぱっとした笑顔を取り戻《もど》す。

「……それと、色々ゴメンね？　みんな」

それは、皆《みんな》が待ち望んでいた、大好きなヒーローの笑顔。

結局、三人にとって氷堂美智留という存在は、女の子というよりも、神様で、憧《あこが》れで……そして、救世主だったのだから。

「あたし、頑張る……どれだけ時間がかかっても諦《あきら》めない」

「その意気だよミッチー！」

「あんたがいない間、バンドのことは任せといて！」

「……必ず守るから。ミッチーの帰る場所、守るから」

だから今度は、自分たちがヒーローを救う番だ。

そんな想いに呼応するかのように、四人は自然に輪を作り、手を重ね合わせ、ライブ前のように気合を入れる。

「うん、やってみせる……絶対に、トモをリア充《じゅう》にしてみせるから！」

「「「……はい？」」」

……で、本当なら次の瞬間《しゅんかん》、そこで皆の掛《か》け声が響《ひび》くはずだった教室に、なぜか微妙《びみょう》な静寂《せいじゃく》が訪れた。

「そんでもって……誰《だれ》に会わせても恥《は》ずかしくない男に変身させたら、必ず皆に紹介するから！　だからそれまで待っててね！」

「い、いやいやいや……」

「違《ちが》うでしょ全然違うでしょミッチー……」

「……お父さんにバンド認めさせるって話は？」

「いや～、今はそれよりあたしとトモのことでしょ！　だってほら、一緒に暮らしてくってなると、お互《たが》いの相性《あいしょう》とかも真面目《まじめ》に考えないといけないしね～」

「「「……………」」」

そして今度は、本格的な静寂が訪れた。

それでも、いつも強くてカッコ良くて、そして空気を読まない我らがヒーロー、ミッチーは、ぐっと拳《こぶし》を握《にぎ》りしめ、気合を込めた誓《ちか》いを立てる。

「みんな、あたしやるよ……絶対にトモを脱《だっ》どう……じゃなくて脱オタさせてみせる！」

「あんた今なんて言おうとしたのミッチー!?」

かくて物語は終わり、友情が始まる

「恵《めぐみ》、ちょっと表情作ってみてくれない？」

「えっと、どんな感じかな？」

「そうね、主人公の活躍《かつやく》により、世界の崩壊《ほうかい》はギリギリのところで防げたんだけど、それでも街は壊滅《かいめつ》状態。そんな中、捜《さが》し求めていた彼をとうとう見つけ、吹《ふ》き上がる風に身を任せ、坂の上から見下ろしながら満面の笑顔を浮《う》かべている感じ。あ、もちろん目元は涙《なみだ》がこぼれそうな感じで！」

「えっと、何度も言うようだけど、素人《しろうと》のモデルにそんな複雑な指示を出されても……」

「ちょっと！　表情は仕方ないにしても髪《かみ》はちゃんとしてよ！　ここは爽《さわ》やかな風が坂を吹き上がってきて巡璃《めぐり》の髪をなびかせる最高のシーンなんだから！」

「だからね英梨々《えりり》、表情は仕方ないにしてもさすがにそれはね？」

一〇月下旬《げじゅん》の日曜日。良く晴れた穏《おだ》やかな秋の午後。

都内の、坂が多めの住宅街。

その中でも、もっとも勾配《こうばい》がきつい、通称《つうしょう》〝探偵《たんてい》坂〟と呼ばれる坂道の頂上。

そこに二人の女性が、人通りや車の邪魔《じゃま》にならないよう気を付けながらも、ずっとコント……いや、スケッチらしきことをしていた。

「ま、とにかくここは最高の笑顔よ。何しろ恵、あんたは……」

「メインヒロインだもんね。わかってるって、英梨々」

今、気の抜《ぬ》けた声で、けれどある程度やる気のありそうな態度を見せて、髪をかき上げるポーズを決めたモデルは、加藤《かとう》恵。

豊ヶ崎《とよがさき》学園二年B組に所属する、ちょっとだけ主体性の芽生えた、社会への不満は相変わらずない、そして美術部に所属はしていないけれどゲームサークルには所属している、目立たないけれど間違《まちが》いなく美少女に分類される女子高生である。

「うん、もうちょっと笑い顔は抑《おさ》えて。で、もうちょっと優しさと切なさを強めに」

そして、そんな微妙に前向きな彼女に細かい指示を送りつつ鉛筆《えんぴつ》を走らせる絵描《えか》きは、澤村《さわむら》・スペンサー・英梨々。

豊ヶ崎学園二年G組に所属する、人気者で、社交性豊かで、美術部のエースとまで称《たた》えられる、学園一の美少女にして学園一のお嬢様《じょうさま》……でありながらも一八禁同人活動にうつつを抜かす、イラストレーター兼《けん》女子高生である。

つい半年ほど前に知り合い、つい一月《ひとつき》ほど前に名前で呼び合う間柄《あいだがら》になった二人は、今は、サークル『blessing software』の役職であるメインヒロインと原画家の関係にのっとって、イベント原画作りの真っ最中だった。

恵がポーズを取り、英梨々がそれを二次元に起こす。

そんな二人が作ろうとしている構図は、シナリオ担当である霞ヶ丘詩羽《かすみがおかうたは》が（つい先日やっと）上げた最初のルート……通称『巡璃エンド』のラストシーンだった。


「そうそう、いい感じ。あんたもだいぶ二次元の表情が板についてきたじゃない恵」

「……それって喜んでいいのかため息をついたらいいのかわかんないよ英梨々」

「ま、メインヒロインとしては胸を張ってもいいんじゃない？　女の子の評価としては、とてもとても微妙だけどね」

「それは……えっと、なんだかなぁ、だね」

さすがに親友でも、『絵に描いたようなテンプレツンデレの英梨々にそれを言われると、とてもとても微妙だけどね』などというクリティカルな反撃《はんげき》を口にするほどの不作法はぐっとこらえて、恵はレイプ目になりそうな瞳《ひとみ》にぐっと光彩《こうさい》を込める。

「でもほら、恵って、以前は本気でまるっきり表情作れなかったじゃない。キャラデザの時なんか匙《さじ》を投げかけたわよ」

「あ〜、そんなこともあったね〜」

それは、ようやくサークルメンバーが一通り揃《そろ》い、ゲーム制作を始めた初夏の頃《アニメ五話》。学園の視聴覚《しちょうかく》室で、今みたいに向かい合わせで、メインヒロイン加藤恵の……叶《かのう》巡璃のキャラクターをデザインしていた頃《ころ》。

「やっと殻《から》が剝《む》けたのが、あの六天馬《ろくてんば》モールの時でさぁ……」

「……ごめん英梨々あの時のことだけは二度と口に出してほしくないんだけど」

「そ〜そ〜その表情その表情！　……でも今はその顔されても困るから戻して」

「あ〜、ちょっと待って。一度思い出したこと忘れるのに少し時間かかるから」

そしてそれは、始まったばかりのゲーム制作がプロット段階でいきなり行き詰《づ》まってしまった梅雨《つゆ》の晴れ間の日。

サークル代表《倫也》と一緒《いっしょ》に訪れたはずのショッピングモールで、何故《なぜ》か今みたいに向かい合わせで、メインヒロイン叶巡璃の……加藤恵の、『ムッとした表情』のデザインが仕上がった日。

「でも結局、ついこの間の合宿の時でも、恵ったら、泣き笑いの表情ができなくって」

「あれは英梨々がスケッチの途中《とちゅう》で血相変えてどっか行っちゃったから」

「っ……ちょっと休憩《きゅうけい》しない？　一度思い出したこと忘れるのに少し時間かかるから」

そしてそして、それは、サークルメンバーが五人に増えてしばらく後のつい先日。

ロケハン合宿先の蓼科《たてしな》高原で、やっぱり今みたいに向かい合わせで、メインヒロイン加藤恵にして叶巡璃のイベントＣＧを描いていた頃。


名字で呼び合っていた頃も。名前で呼び合うようになってからも。

二人は、いつもスケッチブックを挟《はさ》んで語り合っていた。

どれだけ距離《きより》が近づいても、紙一枚隔《へだ》たれていて。

どれだけ距離が離《はな》れていても、紙一枚先には相手がいて。

そして、ちょっと嫌味《いやみ》な女の子と、ちょっと反応の薄《うす》い女の子は。

ちょっとへっぽこな女の子と、ちょっと頑張り屋の女の子になって。

一枚の紙越《ご》しに、遠慮《えんりょ》のない気持ちと、下の名前をぶつけ合う親友同士になった。

※　※　※

「……えっと、これはさすがにちょっと美少女過ぎるんじゃないかなぁ？　英梨々」

英梨々の休憩の宣言とともに、イーゼルの前に立って自分の肖像画《しょうぞうが》を眺《なが》めると、恵は感《かん》嘆《たん》の吐息《といき》に、少しのため息を混ぜ、缶《かん》コーヒーをすすった。

「でもさ、恵って、実は何気に超《ちょう》素材いいじゃない」

そんな恵の少しばかり引き気味の態度に、英梨々の方は自信満々に自らの成果と、モデルのスペックを誇《ほこ》りつつ、こちらはペットのレモンティーを一気に喉《のど》に流し込む。

「別にわたしに変な気を使わなくてもいいんだけど……」

「変な気を使わないから『超』とかイタい言い方してんじゃない」

「え～、てことは実はわたしのことディスってる？」

二人の、恵の容姿に対する見解はともかく、出来上がったその線画に対する評価はどうやらコンセンサスが取れているようで。

……つまり、英梨々の描いた恵は、いや巡璃は、彼女たちのゲームのエンディングを飾《かざ》るに相応《ふさわ》しいくらいには、美しく、可愛く、萌《も》え萌えに描かれていた。

「あたしはさ……いちいち気を使う相手に『超』とか『すっごい』とかつけたりしない。そんな、極端《きょくたん》な評価なんてしないの」

それこそ、超出来が良かった。

そこに、絵描きのモデルへの想《おも》いが透《す》けて見えるくらいには……

「そういうものかな？」

「うん、そういうもの。大好きとも、大嫌《だいきら》いとも、超スゴイとも思わない。そう思ったり伝えたりするメリットがない」

「メリットって……友達付き合いってそういうものかなぁ？」

「あたしには、そういうものだった……少なくとも、ここ数年はね」

「英梨々……」


豊ヶ崎学園二大美女、裏の霞ヶ丘詩羽と、表の澤村・スペンサー・英梨々。

裏と称《しょう》されつつ、基本的には誰《だれ》に対しても黒く腹黒くどす黒く接する詩羽に対して、表と称される英梨々の裏の顔は、それはもう幅広《はばひろ》い。

片側に、分け隔てなく礼儀《れいぎ》正しいお嬢様、気さくな笑顔が眩《まぶ》しい美女、実力溢《あふ》れるアマチュア画家。

もう片側に、特定の相手にこだわり過ぎる自滅《じめつ》型ポンコツキャラ、テンプレートなツンデレリアクションが痛々しい金髪《きんぱつ》ツインテニーソキャラ、不健全極《きわ》まる妄想溢《もうそうあふ》れるエロ絵描き。


「変かな？　あたし」

「変ってほどじゃないけど、そういうところ、いつもサークルで見てる英梨々からはあんまり見えてこないから」

その、本人にさえどちらが表でどちらが裏かわからない二つの精神世界は、けれど決して混ざり合うことなく、二人の澤村・スペンサー・英梨々を形成している。

それはもう、後者の英梨々と半年以上付き合っている恵にとっては、たまに校内で見かける前者の英梨々を見ると、眩暈《めまい》を感じるほどの違和感《いわかん》が襲《おそ》ってくるほどに。

「そうね……今から考えると、ちょっとキャラ作り過ぎちゃったかもね」

「あ〜、まぁ、ね」

さすがに親友でも、『えっと、作り過ぎってどっちが？』などという台無しな指摘《してき》を口にするほどの不作法はぐっとこらえて、恵は困ったような笑みを浮かべる。

「別に、あそこまで極端なお嬢様やる必要もなかったかもしれない……ただ、少しだけ普《ふ》通《つう》の女の子っぽく振《ふ》る舞《ま》って、少しだけオタクネタに食いつくのを控《ひか》えて、少しだけ自分の周りの世界を広げるだけでよかったのかもしれない」

「………………」

その『よかったのかもしれない』が、いつの英梨々に向けて発せられた後悔《こうかい》だったのかは、恵にはわからなかったし、わかってはいけないような気がした。

だから、その言葉には敢《あ》えて返事はせず、ただ、コーヒーの苦みを口の中で転がす。

「あはは……なんか、やっぱ普通の女の子の会話っぽくないよね、今のとか」

「ま、そうだね……霞ヶ丘先輩《せんぱい》と話してる時はもっと自然体なのにね」

「あの女はガチで嫌いだから！　本能の怒《いか》りが抑えきれないだけだから！」

「あ、その後に、『誤解しないでよねっ！』って続けるんだよね？　知ってる」

「知らなくていいからそんなテンプレ！」

さすがに親友でも、『ほら、今のめっちゃ自然体』などという台無しな（以下略
「でもさ、霞ヶ丘先輩って、本質的には英梨々の味方な気がするけどなぁ」

「やめてやめてやめて鳥肌《とりはだ》立つから！　ほら見てこれ！　リアルタイムで次々立ってるでしょほら！」

まぁ、その細い二の腕《うで》に、本当に鳥肌が総立ちになっていたのかは敢えて確認しなかったけれど。

それでも恵はどうしても、英梨々の、その詩羽へのツンデレのテンプレート的リアクションに、一種の愛を感じずにはいられない。

そしてやっぱり、詩羽から英梨々への一種の愛も……

『あなたたち最近仲いいようだけど、あまり親しくすると後で地獄《じごく》を見るかもね』

あの、つい数日前《アニメ一二話》に詩羽から聞かされた警告の言葉も、恵にとっては、彼女なりの気遣《きづか》いに感じられた。

……ついでに言えば、その気遣いの対象が明らかに恵より英梨々に偏《かたよ》っていたような気がしたのは、自身の被害妄想《ひがいもうそう》である可能性も鑑《かんが》みて忘れることにした。

「いいよ味方なんて。だって、味方なら恵がいるじゃない」

「えっと、味方は多ければ多いほどいいと思うけど？」

「でも、たくさんの味方が一気にたくさんの敵に回ったら余計に困るでしょ？」

「それは……」

「あたしはそういうの体験してるから。だから、本物の味方は必要最小限でいいわよ」

「う、う～ん……なんか、英梨々って結構難しく考えるよね。リアクションはあんなに単純なのに」

「あんたやっぱりナチュラルに喧嘩《けんか》売ってるでしょ恵」

そしてこの二人は数か月後……ああ、いいや、今言いかけたことは気にしないでください。

「とにかく、そんな訳だからあたしは恵には遠慮しない」

英梨々は、ペットボトルの最後の一口を喉に流し込むと、ニコっと恵に笑いかける。

その笑顔は、表の、汎用性《はんよう》に溢れた力と心がこもっていないものとも、裏の、記号に溢れた力と心が駄々《だだ》滑《すべ》りしているものとも違《ちが》い、自然で、リラックスしてて、フラットで。

「あんたは超可愛い。そして超フラットで、超扱《あつか》いにくい」

それはなんだか、いつもなら恵がするような笑顔にも似てて。

「うわ〜、超むかつく〜」

「あはは、超心こもってな〜い」

「え〜、超ショックー」

「さて！　それじゃ休憩終わり。今から色つけていくから、またポーズお願いね、恵」

「うん、わかった、英梨々」

だから恵も、いつもより一歩前に踏《ふ》み出した、いつも以上の笑顔でやり返す。

※　※　※

「ね、英梨々」

「ん～？」

そして、英梨々が今度は絵筆を取り出してから三〇分。

ずっと口を動かさず、けれど手を止めずに描き続ける緊迫《きんぱく》の時間に少しだけ疲《つか》れたのか、恵が恐《おそ》る恐る口を開く。

「このゲームが完成したら、英梨々はどうしたい？」

「そうねぇ……まずは打ち上げかな。テーブルごとにシェフのついてる料亭《りょうてい》で鉄板焼きの神戸牛に舌鼓《したつづみ》を打ち、その後高級ホテルのスイーツビュッフェで別腹を満たして、そのままホテルのスイートルームでパジャマパーティなんてどう？　もちろんサークル代表は顔は出さずに金だけ出す感じで」

「えっとね、そういう意味じゃなくてね」

そんな、明らかに頭を使ってなさそうな英梨々の答えは脇《わき》に置きつつ、恵はほんの少し真剣《しんけん》な表情で言葉を続ける。

「サークル活動、続けたい？」

「え」

「安芸《あき》くんと一緒《いっしょ》に、またゲーム作りたい？」

「恵……」

　そこでようやく英梨々の筆の速度がほんの少しだけ落ちた。

　恵とカンバスを素早く行ったり来たりしていた視線が、ほんの少しだけ緩《ゆる》まり、そして揺《ゆ》らぐ。

「『blessing software』って、いつまで続くのかな」

　その、英梨々の揺らいだ瞳《ひとみ》の中に映り込んでいたのは、英梨々以上に揺らいだ瞳。

「安芸くんの夢が叶《かな》うまでの、一作限定のサークルなのかな」

『満面の笑顔を浮《う》かべている感じ。目元は涙《なみだ》がこぼれそうな感じ』というリクエストに対して、笑顔でいえば八〇点くらいの、けれど複雑さにおいては満点に近い表情。

「他のみんなは、このサークルに、夢を持っていないのかな」

「ま、氷堂美智留《ひょうどうみちる》は持ってなさそうだけどね、全然」

「あ、あはは……」

「霞ヶ丘先輩は……そもそもあいつはゲームを作るのが目的じゃないし。もっと不純で、もっと邪悪《じゃあく》で、もっとおぞましい欲望《よくぼう》を叶《かな》えるための……」

「で、英梨々は？」

「あたしは……」

恵の表情が、そろそろリクエストから大幅《おおはば》に逸脱《いつだつ》しかけてきたせいなのか、それとも他の理由からなのか。

英梨々は、いつの間にか筆をピタリと止めて、恵の顔をまっすぐ見つめていた。

「不純であろうと純粋《じゅんすい》であろうと、どっちでもいいけど……英梨々はさ」

「まだ一作目すら完成してもいないのに、もう次の話？」

「だって、今のゲームってさ、わたし、あまり力になれてないし」

「〝きっかけ〟になったってだけでも、かなり重要なポジションなんだけどね……その経《けい》緯《い》がどれだけ馬鹿馬鹿《ばかばか》しかったとしても」

「でもそれはわたしの力でも、わたしの意志でもないし」

「……『自分の意見を持たず周りに流されるだけ』っていう、加藤恵のアイデンティティはどこに行っちゃったの？」

「えっと、それアイデンティティじゃなくて結果論だし。ていうか今結構真面目《まじめ》に話してるつもりなんだけど」

「いや、けれど……なんか今の恵、巡璃っていうより瑠璃《るり》っぽいわよ？」

「だから真面目とヤンデレを取り違えないで欲しいんだけど」

そんな、思いがけない恵のウェットな言葉と態度の中に、英梨々は、主人公の現世のクラスメイトよりも、前世の『さすがはお兄様です』な妹の影《かげ》を感じ取っていた。

いやサンプル台詞《せりふ》がちょっと違っていたかもしれないけれどそこは気にしない方向で。

「なんか、だんだん完成に近づくにつれて思うようになってきたんだ……もっと自分にできること、あったんじゃないかなって」

坂の下から吹《ふ》き上げてきた風が、恵の髪《かみ》と、スカートの裾《すそ》を揺らす。

「英梨々が絵を描《か》くみたいに、霞ヶ丘先輩がシナリオを書くみたいに、特別な力はないけれど」

その、あまりにイベントＣＧ通りの瞬間《しゅんかん》にも、英梨々はその光景を目に焼きつけるだけに留《とど》めつつ、恵の言葉を待つ。

「けれど、誰《だれ》もができるけれど、誰かがやらなくちゃならないことまで、安芸くんにばかりやらせるのも、なんだかつまらないなって思うようになってきたんだよね」

「それ多分、ほとんど雑用よ？」

「雑用、楽しいよ？」

「恵……」

そんな、とてもヒロインらしい構図と表情から放たれる恵の言葉は、結局、やたらとモブっぽくて。

「色んな雑用が積み重なって、結果としてモノが完成していく過程を見ていくのって、結構ワクワクするよ？」

だから英梨々は、彼女のサークルにおける立場や重要性が、高いのか低いのか、今さらわからなくなる。

雑用で、扇の要《おうぎ　かなめ》で、アシスタントで、黒幕で、存在感なくて、だからセンターに立つ。

そして、〝あいつ〟の一番大事な……


「………そんなことより今は、メインヒロインに全力投球しなさい」

「英梨々……？」

「これ、そんなによそ事にかまけててできる仕事じゃないわよ？」

結局、英梨々は、恵の〝将来〟に対する問いかけを、なんとなく誤魔化《ごまか》した。

その〝逃《に》げ〟が何なのか、どこから来た感情なのか、あるいは単になんとなくなのか、自分でもよくわからなかったけれど。

「もっと満面の笑顔！　もっとくしゃくしゃの泣き顔！　嬉《うれ》しさ、懐《なつ》かしさ、全部の感情を顔に浮かべて、言いなさい！」

『久しぶり。また……会えたね』

その台詞は、英梨々が指定する前に、恵の口から漏《も》れていた。

そして、その時の表情も、英梨々が求めるものを、いや、それ以上の感情を乗せていて

……

「よしっ、その顔のまま動かないで恵！」

「ど、どのくらい？」

「そうねぇ……あと最低でも一時間は！」

「え～」

英梨々はふたたび筆を掲《かか》げると、目にも留《と》まらぬ速さでカンバスの上を滑《すべ》らせていった。

後はもう、恵が何を話しかけても、応《こた》えることはなかった。

その表情は、今の恵に負けず劣《おと》らず、楽しそうで苦しそうで綺《き》麗《れい》で可愛くて。

だから恵にとっては、そんな英梨々が羨《うらや》ましくて、そして眩《まぶ》しかった。

その美しさよりも、そのひたむきさが……

※　※　※

「できた～！」

「え、えっと……それじゃ、英梨々？」

「うん、もう表情戻《もど》していいわよ恵！」

「は、はあああぁぁぁぁ～」

……結局、英梨々の〝最低でも一時間〟という命令は、かなり忠実に守られた。

あの言葉から一時間と一五分後、英梨々の右手が絵筆ごと天に高く掲げられ。

そして恵の全身が、へにゃへにゃと地面にへたり込んでいく。

「うん、これは凄《すご》い、我ながら超傑作《ちょうけっさく》！　ねぇほら、見てよ恵！」

「ちょ、ちょっと待って。今そっちに……うわぁ」

と、恵が立ち上がるほんの少しの時間も惜《お》しいとばかりに、英梨々が今描き上げたばかりの絵を取り外すと、恵の目の前に掲げてみせる。

「これは……モデルがわたしのくせに、超スゴイね～」

「モデルが恵だから超スゴイのよ？」

「あはは」

「ね～？」

端《はた》で聞いていたら、痛々しい身内同士の褒《ほ》め合いにしか聞こえないけれど。

でも今の二人にとっては、それの何が問題なのかは全然わからない。

でも、それで本当に問題はなかった。

だって実は、その絵は、身内のためだけのものだったから。

「はいお疲れさま恵……これ、プレゼント」

「え、何の……」

「誕生日の」

「あ……」

「ごめんね、一月遅《ひとつきおく》れちゃった……実は恵の誕生日、知ったのつい最近なのよね」

加藤恵……九月二三日生まれ。

それは、二人が名前で呼び合うようになった記念すべき日の、ほんのちょっとだけ前の日だった。

「で、でも英梨々、これってゲームの……」

「ゲームの絵ならほら、こっち」

「え……」

と、英梨々が差し出したのは、もう一枚の叶巡璃。

……けれどそちらには色はなく、ただ線で描かれた巡璃が、けれど豊かな表情を浮かべて、こちらに微笑《ほほえ》んでいる。

「だいたい、ゲームの絵はPCで塗《ぬ》るから、いちいち絵の具なんか使わないわよ」

「あ～……」

そんなこと、恵だって知っているはずだった。

ただ、英梨々の指示があまりに自然で、あまりに普通《ふつう》で、あまりに高圧的で。

だから、まさか今までの行為《こうい》が自分のため〝だけ〟だったなんて、気づくはずがなくて。

「おめでとう、恵」

「これはお返しが大変だなぁ……英梨々、三月だったよね？」

「思いっきり期待してるわよ？」

「あはは……」

道端にへたり込んだまま、恵は、英梨々の絵を受け取り、胸に抱《だ》こうとして……けれど生乾《なまがわ》きの絵の具に気づき、ただ、微笑みだけを英梨々に返した。

その表情を見て、英梨々はまた新たな創作意欲《いよく》にかられたけれど、それはまた別の話。

ただ今は、たった今描き上がったこの絵を、二人で眺《なが》め、その価値を語り合う。

「何しろこれ、柏木《かしわぎ》エリの描き下ろしなんだし……これで直筆《じきひつ》サイン入れたら、多分●万はくだらないわよ」

「せっかくいい話でまとまりかけたのにそういう身も蓋《ふた》もないこと言うのやめようよ」

Saenai heroine no sodate-kata. FD2

Presented by Fumiaki Maruto
Illustration : Kurehito Misaki

五人の怒《いか》れる女たち

「それじゃ、全員揃《そろ》ったことだし、採決を取るわよ？」

秋も深まった、東京湾岸《わんがん》の深夜。

とはいえその寒めの季節感は、こうしてホテルの二人部屋に、しかも女子五人で閉じこもっている分にはそれほど感じられず。

というか今は、彼女たちの深夜らしからぬテンションのせいで、それこそ部屋の中には汗《あせ》ばむほどの熱気が充満《じゅうまん》していて。

「では……加藤《かとう》さんが有罪と思う人は挙手を」

「…………」

「…………」

「…………」

「有罪四票……以上により、全員一致《いっち》で有罪が確定……」

「あの、ちょっといいですか霞ヶ丘先輩《かすみがおかせんぱい》」

「被告《ひこく》には投票権は認められていないのだけれど、まぁ、あなた自身も有罪に一票というのなら、完全無欠の全員一致で……」

「あ、この手はそういう意味じゃなくて質問のためですから」

　部屋の中の自分以外全員が高く手を挙げる中、一人だけ肩《かた》のところまで軽く手を挙げた被告人……いや加藤恵《めぐみ》は、そそくさとその手を下げると、先ほどからこの議事を仕切っていた冷酷《れいこく》な裁判長……いや霞ヶ丘詩羽《うたは》に、フラットに異議を申し立てる。

「しょうがないわね、で、今さら何を聞きたいの？」

「えっと、ちょっとシャワーを浴びて戻《もど》ってきたら部屋に女子全員が集まっていていきなりわたしが被告にされていた現実について、でしょうか？」

　その言葉通り、他のメンバーが、各々色とりどりの寝間着《ねまき》に身を包む中、恵だけホテルのバスローブに湯上がりの火照《ほて》った体を軽く包んでいるだけだった。

「残念ながら、裁判は正規の手続きをもって施行《しこう》されたの。下された判決は厳粛《げんしゅく》に受け止めてもらいたいものだわ加藤さん」

「弁護士どころか被告もいないまま進めてましたよね今？　それもう裁判じゃなくて学級会だと思うんですけど？」

　と、まぁ、そんな色っぽい描写《びょうしゃ》など入り込む隙《すき》もないほどの厳粛な雰囲気《ふんいき》の中、まったく身に覚えのない理不尽《りふじん》な有罪判決に、恵は身を震《ふる》わせ……るでもなく、いつも通りにフラットにツッコミを入れる。

しかし……

「……今日ばかりは、言い逃《のが》れできないわよ、恵？」

「英梨々《えりり》？」

普段《ふだん》なら、一番に恵のことを庇《かば》ってくれるはずの……とは言いきれないかもしれないけれど、とにかく親友の澤村《さわむら》・スペンサー・英梨々までもが、疑惑《ぎわく》の目で恵を見つめているのを知り、恵の脳裏《のうり》に、微妙《びみょう》な暗雲が立ち込める。

「そうそう、皆《みんな》がせっかく冬コミに向けて一致団結してる時にさ〜、いつの間にかトモと二人で抜《ぬ》け出すとかさ〜、もうそれ裏切り以外の何物でもないじゃん」

「ひょ、氷堂《ひょうどう》さん……？」

そして普段なら、詩羽のそんなオタクじみた寸劇になど付き合わない非オタの氷堂美智《みち》留《る》までもが、この茶番を支持しているのを知り、恵の脳裏に、災害時のエリアメールの受信音がやかましく響《ひび》いてくる。

「何してたんですか……深夜のお台場で海を眺めながら、倫也《ともや》先輩と二人っきりで何やっちゃってたんですか恵さん？」

「出海《いずみ》ちゃんまで……」

そして普段なら……ていうか普段ほとんど顔を合わせることのない波島《はしま》出海にまで、恵がいつも抜け駆《が》けしていると知られ……いやいやそう誤解されていると知り、恵の脳裏に、『東京マグニチュード8.0』というノイタミナアニメの映像が……ああ、いや、これは盛り過ぎでした。

「いや、ですからあれは、皆の創作活動を邪魔《じゃま》しないようにという配慮《はいりょ》で」

まぁ、それはともかく、ようやく自分が審理されている《詳細はこの巻収録の#0参照》容疑を認識した恵は、とりあえず自己弁護すべく、いつものようにフラットな対外的コメントを発表し、お茶を濁《にご》そうとする。

しかし……

「なら、あの場で創作してなかったわたしにも声かけてくれてよかったんじゃないでしょうか恵さん？」

「う……」

そんないつも通りの流れも、いつものメンバーに含《ふく》まれない出海には通用せず。

「め、恵……？」

「え、え～と、あのね英梨々？　そんな涙目《なみだめ》にならないでくれるとありがたいんだけど」

「んじゃ加藤ちゃん、〝あたしたちの創作活動を邪魔しないように〟一体何してたのさ？　全然いい雰囲気なんかにならないで、いつもみたいに黙《だま》ってスマホいじってた？」

「うう……」

というか、本当に通用しない理由は、いつもの抜け駆《が》け疑惑に比べると、自分の中でも潔白性《けっぱくせい》が薄《うす》いと感じてしまう、その後ろめたさのせいかもしれなかったりして……

「ねぇ加藤さん、今なら正直に話して罪を認めれば、重い罰《ばつ》には問わない」

「霞ヶ丘先輩……」

「でもあくまで〝私たちのため〟などと白々しい言い訳を並べ立てるなら容赦《ようしゃ》はしない。あなたの罪を白日《はくじつ》のもとに晒《さら》し、徹底《てってい》的にその責任を追及《ついきゅう》し、二度と同じ真似ができないよう叩《たた》き潰《つぶ》してあげるわ……さあ、どちらがいいかしら？」

と、さっきまで裁判長だったはずの詩羽が、いつの間にやら検事（しかもアメリカドラマの）にジョブチェンジして、恵に司法取引を迫《せま》ってきていた。

「さあどうする？　罪を認める？　大人しい顔しておきながら、皆を出し抜き男を惑《まど》わす、天然ビッチの本性《ほんしょう》を認める？　そうすれば今なら『太ももの内側に油性マジックで〝正〟の字を五個書く刑《けい》』で勘弁《かんべん》してあげるわ……」

「な……なんて恐《おそ》ろしい刑を思いつくのよ霞ヶ丘詩羽……っ！」

正正一

その詩羽の言葉に、英梨々の顔が思い切り恐怖《きょうふ》に歪《ゆが》む。

「それ、恥《は》ずかしくもなんともなくありません？」

「なんで太股《ふともも》？　ラクガキすんなら顔じゃないの？」

しかし出海や美智留は、その、エロ同人の素養がないとわかりにくい罰の深刻さについてあまりピンときていない様子で、お互《たが》い怪訝《けげん》な表情で顔を見合わせる。

「加藤さん……選ぶのは、あなたよ？」

そして、やっぱり微妙に事の重大さを理解していない恵は……

それでも英梨々の反応だけを頼《たよ》りに、詩羽の深淵《しんえん》な陰謀《いんぼう》を感じ取り、かの鬼畜《きちく》検事の歪んだ笑顔を正面から見据《みす》える。

その二人の迫力《はくりょく》に気圧《けお》され、部屋の中に重苦しい沈黙《ちんもく》が流れ……

「ええと、ですね……」

そして、部屋から音が失われて、優に三〇秒経《た》った頃《ころ》になって……

しばらく何かを考えていた様子だった恵が、ようやく口を開く。

「そもそも最初に皆を出し抜こうとした霞ヶ丘先輩に、そういうふうに責められるのって、ちょっと納得できないんですけど皆はどうかな？」

「な……」

「加藤ちゃん？」

「恵さん？」

「恵……？」

けれどその口調や内容は、検事や裁判長に向けて情状酌量《しゃくりょう》を願う、同情の余地がある被告のそれではなく……

無実を勝ち取るためなら違法行為《いほうこうい》も平気で行い、勝てなくても審理《しんり》無効を狙《ねら》う悪徳弁護士（しかもアメリカドラマ）のそれだった。

「……何が言いたいのかしら、加藤さん」

ベッドに腰掛《こしか》けたまま、詩羽が厳《きび》しい表情で恵を睨《にら》みつける。

「ええと、例えばスカイバーとか、わたしたちの誰《だれ》も知らなかった三つめの部屋とか」

「どれも支払《しはら》ったのは私よ？　それも自分で稼《かせ》いだ真っ当なお金だわ。追及されるいわれはないわね」

けれど、突如牙《とつじょきば》を剝《む》いた恵に対しての、あからさまに敵対的な態度こそが、彼女の脛《すね》にも瑕《きず》があることを如実《にょじつ》に語っていて。

「いや、けどさぁセンパイ、そもそも何でそんなとこ予約する必要あったの？」

「ていうか、目的なんてとっくにバレてるじゃないですか」

「か、霞ヶ丘詩羽……っ」

だから、恵の誘導《ゆうどう》にまんまと乗っかってきた三人の……特に、わなわなとツインテールを震わせる英梨々の反応を見て、詩羽は心の中で鋭《するど》く舌を打つ。

「そうよ、よく考えればそうじゃない……元々、一番最初に抜け駆けしたのはあんたじゃない……」

「澤村さん、それは……」

「それを、いつの間にかなかったことにして、恵のせいにして、しかも先頭に立って追及し始めて……危《あや》うく騙《だま》されるところだったわ！」

「ええと……あ〜」

詩羽としては『澤村さん、あなた今まさに加藤さんに騙されてるわよ？』と冷静に事実を告げたいところではあったけれど……

だがしかし、自らの正面で、もう話は終わったとばかりにフラットにスマホを弄《いじ》り始めた恵を見て、今回ばかりは彼女との駆け引きに敗北したことを悟《さと》った。

「ちょっと、何とか言いなさいよ霞ヶ丘詩羽！」

「……話にならないわね。こんなところにこれ以上いられないわ。私は先に部屋に帰らせてもらう」

という訳で、敗色濃厚《のうこう》を悟った詩羽は、翌朝になって自室で惨殺《ざんさつ》されているリスクを顧《かえり》みることもなく、立ち上がると部屋を出ていこうとする。

「おっと、逃《に》がさないよセンパイ」

「なっ……」

しかし、詩羽が辿《たど》り着くより一足先に　素早くベッドから飛び降りた美智留が出口の前に立ち塞《ふさ》がる。

そして、逃げ場を失った詩羽を追い込むように、いつものタンクトップとショートパンツから覗《のぞ》くしなやかな肢体《したい》が、じりじりと迫りくる。

「ひょ、氷堂さん……私をどうするつもりなの？」

さすがにその迫力に、気丈《きじょう》に振《ふ》る舞《ま》っていた詩羽も、身の危険を感じずにはいられなかったけれど……

「いや、てゆっか、今センパイの部屋ってトモが寝《ね》てるじゃん。戻《もど》らせたらそれこそアウトじゃん」

「あ～……」

けれど、今身の危険を感じるべきなのは、哀《あわ》れにも終電を逃し、一人、隣《となり》の部屋で膝《ひざ》を抱《かか》えて眠《ねむ》っているはずの、唯一《倫也》の男子の方だったようで。

※　※　※

そして、そんなグダグダ騒《さわ》ぎから数分後……

裁判は、恵の思惑《おもわく》通り審理無効となり、五人の少女の間に、倦怠《けんたい》感を伴《ともな》うまったりした空気が流れていた。

「このっ、このっ、このぉっ！　霞ヶ丘詩羽なんか……霞ヶ丘詩羽なんか～！」

「ちょ、ちょっと澤村先輩《せんぱい》っ！　中学生にそんな絵見せないでくださいよぅ!?」

だが、そんな中、未だ怒《いか》りの収まらない英梨々だけが、架空《かくう》の裁判所に残ったまま、法《ほう》廷《てい》画家としてスケッチブックにものすごい勢いで鉛筆《えんぴつ》を走らせている。

「ふん、この程度の絵に怖気《おじけ》づいているようじゃ、私を追い越《こ》すなんて百年早いわね」

「そういう方向性の絵に関しては、少なくとも一八歳になるまでは超《こ》えるつもりはありませんから！」

……今は、ちょうど描《か》き上がった詩羽の肖像《しょうぞう》画（ポーズや衣装の説明は省略）の太股やお腹辺りに、大量の〝正〟の字と、とある位置を指し示す矢印と、『ご自由にどうぞ』とか『○便器』とかいうコメントを描き加えている最中で。

「それで、私をどうするつもり澤村さん？　もしかして、リアルにその絵のような罰を与《あた》えようというの？　隣の部屋に待機させている男子《倫理君》を利用して？」

「する訳ないでしょそんなこと！　だいたいそれだと、あんたにとってはご褒美《ほうび》になっちゃうじゃない！」

「うわ〜、うわ〜！　酷《ひど》いよこのサークルの女子会！」

「出海ちゃん、その人たちのことは気にせずに、わたしとＬＩＮＥでお話ししよ？」

「えっと恵さん、同じ部屋にいてそれってのもシュールだと思うんですけど……」

「ま、別にどうもしないけどさ。でも、やっぱ部屋に帰す訳にはいかないよセンパイ？」

「何もないのなら、いい加減眠くなってきたのだけれど……」

と、その言葉を証明するかのように、詩羽は口を押さえて隠《かく》しつつも、大きめのあくびを二度、三度と繰《く》り返す。

「ま、寝るならこの部屋か、あたしと波島ちゃんの部屋を使ってよ……ふあぁぁぁ〜」

と、その眠気《ねむけ》に共感するかのように、美智留の方も、こちらは堂々と口を開けて見事な大あくびを披露《ひろう》する。

時計は、いつの間にか午前三時を指していた。

「この部屋は人が多いから氷堂さんたちの部屋を借りるわ。ルームキーを渡《わた》して頂戴《ちょうだい》」

「……センパイの部屋のルームキーと交換《こうかん》でね」

「……一度部屋に戻って、荷物を取って来たいのだけど？」

「……それは朝起きてから一緒《いっしょ》に行こうね？　寝るだけなら今のままで十分っしょ？」

「…………」

「…………」

と、そんな風にお互い眠気の限界を迎《むか》えようとしている二人ではあったけれど。

水面下では、まだ色々と交渉《こうしょう》ごとが続いているようだった。

「けれど、私が大人しくキーを渡したとして、今度は逆に、あなたが倫理《りんり》君の眠っている部屋を襲撃《しゅうげき》しないという可能性は？」

「そんなのどうだっていいじゃん。だって、あたしとトモは家族なんだから同じ部屋で寝ても平気だし～」

「渡さない絶対にこのキーは渡さないわよ氷堂さん」

「だったら、あんたを外に出す訳にはいかないよセンパイ」

「……っ」

「……っ」

出海『あ、あの〜、恵さん？』

『なに？　出海ちゃん』恵
出海『いつもいつも、こんな雰囲気《ふんいき》なんですかこのサークル？』

『あ〜、みんないい人たちだよ？　安芸《あき》くんが絡《から》まなければ』恵

※　※　※

そして、時計の針はさらに進み……

窓からの景色も、瞬《また》くレインボーブリッジの灯《あか》り以外は、静寂《せいじゃく》に包まれる午前四時過ぎ。

「……あ〜」

「……ふぁ」

「ん、んぅ〜」

「…………」

「…………」

さすがに疲《つか》れたようで、鉛筆を走らせる手が止まる英梨々。

スマホを見ながらも、眠気が抑《おさ》えられない様子の出海。

詩羽を邪魔《じゃま》するようにドアに背中をもたれさせ、少し舟《ふね》をこぎ始めている美智留。

そんな美智留を忌々《いまいま》しげに睨みつつ、けれどどうすることもできずに佇《たたず》む詩羽。

そして相変わらず、それらの状況《じょうきょう》に流されず黙々《もくもく》とスマホを弄る恵。

もはや五人のパーティは、誰か一人が限界を迎えるだけで、一気にお開きとなりそうな限界の雰囲気を醸《かも》し出していた。


「そ、そうだ！　皆《みんな》おなかすかない？　確かパパからもらってきたイギリス土産《みやげ》のチョコレートが……」

「却下《きゃっか》」

と、その雰囲気を嫌《きら》った英梨々が、つとめて明るく鞄《かばん》を漁《あさ》るも……

スマホから目を離《はな》さないまま、恵がフラットな、けれど鋭い声でその行為《こうい》を制止する。

「え、え〜、なんでよ恵？」

「この前の合宿の時もまったく同じこと言ったよね英梨々？　その結果どうなったかもう

一度思い出させてあげようか？」

「う、う～……」

ほんの数週間前。

出海を除く四人で行った蓼科《たてしな》合宿の時に英梨々がもたらした、『イギリス土産のチョコレート』は、見事な（中身入りの）ボトル型をしていた。

……そう、それは、たった今、英梨々が取り出したのとまったく同じデザインの箱に収納されていたのを、恵はしっかりと覚えていた。

「すぅ、すぅ……」

「…………」

「すぅぅぅ～、くぅぅぅぅ～」

「…………」

そんな中、とうとう、美智留の眠りの海への航海は、もはや押し留《とど》めることができないまでに沖《おき》へと向かっていき……

「んぅぅぅ～、ふぅぅぅぅ～」

「…………」

「そこまでです霞ヶ丘先輩」

「っ……」

　で、そんな無防備な美智留の、ショートパンツに……

いや、ショートパンツのポケットに入っているルームキーに手を伸《の》ばそうとしていた詩羽に、やっぱり恵の、フラットながらも刺々《とげとげ》しい声がかかる。

「ちょっと飲み物を買いに出るだけよ。氷堂さんがドアを塞いでいるからどいてもらおうと……」

「飲み物ならそこの冷蔵庫に入ってますからご自由に」

「……ホテルの冷蔵庫のドリンクって高いじゃない」

「こんな高級ホテルを三部屋もチャージした霞ヶ丘先輩の言葉とも思えませんけど……」

　と、恵は、声音《こわね》だけでなく内容まで微妙《びみょう》に刺々しい言葉を呟《つぶや》きながらゆっくりと立ち上がると、詩羽を遮《さえぎ》るように美智留に近づいていく。

「ほら氷堂さん、眠いんならベッドで寝ようよ？　立てる？」

「ん、ん～？」

　そして、美智留に肩《かた》を貸して立たせると、ドアの前からどかせ、手前のベッドに寝かせ……

「はい霞ヶ丘先輩、これで外に出られますよ？　どうぞ？」

「～～～っ！」

そして、次に詩羽の方を向いた時……

恵のその手には、美智留のショートパンツのポケットに入っていたルームキーが収められていた。

※　※　※

そして、さらにさらに、時計の針は進み……

周囲のビルの窓からも、ほとんど灯りが見えなくなった、午前五時前。

「う、うう……」

「ん、ん～」

「すぅぅぅ～、すぴぃぃぃ～」

「…………」

「…………」

だいぶ目がしょぼしょぼしつつも、まだスケッチブックを離さない英梨々。

ベッドに背中を預け、そろそろ限界を迎えようとしている出海。

ベッドに横たわり、盛大に寝息《ねいき》を立てている美智留。

そして……

「ねぇ、ちょっと、金剛力士《こんごうりきし》さん」

「すいませんそれいくらなんでも酷過ぎると思うんですけど霞ヶ丘先輩」

今は美智留ではない、扉《とびら》の前の門番を鋭《するど》く睨《にら》みつけたままの詩羽。

そして、その詩羽の視線をスマホを弄りつつ平然と受け流し、先ほどまで美智留のいたドアの前に陣取《じんど》る金剛力士像……いや恵。

「酷過ぎるのはそちらではないかしら加藤さん？　あなたにそこまで私の行動を制限されるいわれはないわ。一体どこの風紀委員よ」

「……何と言われようとサークルの平和のためですから」

「自分は風紀を乱しておいて、人には清廉潔白《せいれんけっぱく》を求めるとか、ダブルスタンダードもいいとこね」

「え？　そこ蒸し返します？」

「さっきは上手《うま》く誤魔化《ごまか》されたけれど、やっぱり納得いかないわ……何しろ私は未遂《みすい》に終わったのに、あなたはまんまと最後まで……っ」

「あのすいませんとてつもなく誤解を与《あた》える表現やめてもらえませんか霞ヶ丘先輩？」

……五人のパーティは、一人が限界を迎えたにもかかわらず、予想に反して未だ一触即《いっしょくそく》発《はっ》の状態を維持《いじ》していた。

というか、主《おも》に二人が。

「だから、わたしは別に、霞ヶ丘先輩や英梨々みたいに、安芸くんと何をしようって訳でもないし……」

「じゃあ、正直に言ってよ恵……あの時、倫也と二人きりで、一体何を話してたの？」

「…………英梨々？」

いや、主に三人が。

「霞ヶ丘詩羽じゃないけど、やっぱり納得できない……だってあんた、合宿の時も夜中に抜《ぬ》け出して……」

「そういえばそうだったわね……裏切りはあなたの名前を知っているわよ加藤さん」

「うわ、そんな昔のことまで蒸し返すんだ……」

そんな女子の執念《しゅうねん》深さに、（自分を棚《たな》に上げ）めんどくささを感じつつ……

それでも恵は自らの正義を信じ、二人に対峙《たいじ》したまま、無言で睨み……いや見つめ合う。

「…………」

「…………」
「…………」
出海『えっと、今一番怪《あや》しいのはさすがに恵さんだと思いますけど』
『出海ちゃんまで！』恵

※　※　※

そして、さらにさらにさらに、時計の針は進み……

完全に陽が昇《のぼ》り、まぶしい光が部屋の中に差し込む正午一二時。

『お～い！　もうチェックアウトの時間だぞ～！　どうして誰《だれ》も出てこないんだ～⁉』

「……え？」

「ん、ん～」

「ふ、ふぇ……？」

「う、うぅ……」

「すぅうぅ～、くかぁぁぁ～」

夜が明けるまで、長い長い睨み合いを続けていた女子たちは……

その激しいノックの音と、お馴染《なじ》みのオタク少年の切羽《せっぱ》詰まった叫《さけ》び声により、失っていた意識をようやく取り戻《もど》した。

豊ヶ《とよが》崎《さき》学園祭　一日目

いよいよ、その日がやってきた。
一一月下旬《げじゅん》の金曜。
豊ヶ崎学園の一番長い三日間……豊ヶ崎学園祭の日が。

体育館での開会式が終わると、各教室から景気のいい呼び込みの声が響《ひび》き始め、校内はたちまち賑《にぎ》やかな雰囲気《ふんいき》に包まれる。
ここ豊ヶ崎学園は、そこそこ自由な校風を誇《ほこ》る、そこそこ人気のある私立ということもあり、学園祭においても地域や他校からたくさんの一般《いっぱん》客が訪れ、賑わうことでも有名だった。

……などと、まずは既出《原作五巻六章》のモノローグを流用してお茶を濁《にご》すことをご容赦《ようしゃ》いただきたく。

chapter1：Megumi

「…………あれ？」

彼女が目覚めた瞬間《しゅんかん》……世界は光と音に溢《あふ》れていた。

窓の外からは、この時期にしては温かい陽ざしが入り込み、道行く車や通行人の生活音が届いてくる。

「…………え〜と」

けれど、机に突《つ》っ伏《ぷ》して眠《ねむ》っていたせいで、ポニーテールの髪《かみ》が頬《ほお》に貼《は》りついてしまっているこの部屋の主《あるじ》は、その、いつもの朝とは違《ちが》う光と音に、少しだけ現状を認識することに恐怖《きょうふ》を覚えた。

その、ポニーテールの彼女の名は、加藤恵《かとうめぐみ》。

昨夜、とあるゲームのシナリオと、とあるラノベを何回も読み返し、最後の記憶《きおく》に夜明けの空の映像までもが残っている、要するにほぼ徹夜《てつや》明けの最後の最後でうたた寝《ね》をしてしまった迂闊《うかつ》な少女だ。

「あぁぁぁぁ〜」

スマホを見ると、時刻はすでに一〇時を過ぎていた。

まぁ、美少女が『起きて〜』などとフラットな声で起こしてくれるアプリ《一択彼女》も入っていないようなスマホでは、それも致《いた》し方ないのかもしれないけれど。

「どうしよ……どうしよう……」

スマホの表示にもあるように、今が一〇時過ぎというだけでなく、今日は金曜日。

学校がある……それも、いつもの授業とは違う、さらに特別な日。

豊ヶ崎学園祭、一日目。

「氷堂《ひょうどう》さんとの約束と、出海《いずみ》ちゃんとの約束と……それに、それに……あぁぁぁぁ安芸《あき》くんまずいよぉ～」

それは恵が、いつもの数倍もの過密スケジュールに追われるはずの。

そして、さらに緊急《きんきゅう》事態に直面してしまった、激動するはずの一日の、始まりだった。

「と、とにかく、とにかく……え～と……」

そんな約束された修羅場《しゅらば》に、自分のせいとはいえ突然《とつぜん》放り込まれてしまった恵は……

「……シャワー浴びよ」

まぁ、とりあえずいつも通り、女子として当然のたしなみから始めることにした。

chapter2：icy tail

体育館からほど近い、部室棟《とう》の一室。

その入口には、『ステージ参加者控室《ひかえしつ》　関係者以外立ち入り禁止』という、今日限定の看板が立てかけられていた。

「で、わたしたちの出番、何番目だって？」

「あ～、順番は知らないや。確か午後イチって聞いてるけど」

「全体の順番は五番目。午後のライブパートの一番最初だって」

その室内では、豊ヶ崎とは違う制服に身を包んだ三人の女子が、手持ち無沙汰《ぶさた》な様子で賑わう学園祭からぽつんと取り残されていた。

「なぁんだ、また前座かぁ」

と、少しふてくされた様子で頬を膨《ふく》らませたのは、サイドポニーの小動物的彼女。

ガールズバンド『icy tail』ギター、姫川時乃《ひめかわときの》、通称《つうしょう》トキ。

「最近じゃ、界隈《かいわい》のライブハウスでブイブイ言わせてる『icy tail』がね～」

と、いつも通りのだらけた口調で応《こた》えたのは、ショートのシニカル系彼女。

同じく『icy tail』ベース、水原叡智佳《みずはらえちか》、通称エチカ。

「仕方ない。私たち飛び入りだし。それに豊ヶ崎の生徒じゃないし」

そして、こちらもいつも通り冷静に二人を諭《さと》すのは、お下げの癒《いや》し系彼女。

同じく『icy tail』ドラム、森丘藍子《もりおからんこ》、通称ランコ。

注）いつも通り、三人の会話はトキ↓エチカ↓ランコの順となっております。

三人は、ランコの言う通り、豊ヶ崎ならぬ隣県《りんけん》の県立女子高に通う他校生ではあったけれど、それでもいつの間にか、今日の学園祭ステージにちゃっかりエントリーされていた。

というのも……

「でさ、結局カトメグちゃんと連絡《れんらく》ついたの？　ちゃんと実行委員会に話通ってた？」

「ん、さっきこっちに着いたみたい。今外でミッチーや委員会の人と話してるよ」

「彼女の段取りなら間違いない……まぁ、当日遅刻《ちこく》したのは少しあれだけど」

そう、先週末の合宿で一夜を共にした（間違ってはいない）恵が、彼女たちのバンドを学園祭実行委員会に推薦《すいせん》したことで、今日の晴れ舞台《ぶたい》へと繋《つな》がった訳で。

先週の壮絶《そうぜつ》なゲーム制作合宿が終わった直後、彼女たち『icy tail』は、まさに心身とも精根尽《せいこんつ》き果《は》てていた。

……ギターを弾《ひ》いてお菓子《かし》を食べて寝ていただけの美智留《みちる》を除いて。

で、その合宿終了《しゅうりょう》後、彼女たちを手早くケアし、その反乱（特にエチカによる）を未然に防いだのは、合宿の主催《しゅさい》者である倫也《ともや》でも、彼女たちを適当な理由で呼び出した美智留でもなく、一緒《いっしょ》に巻き込まれていたはずの恵だった。

恵は合宿の帰り道、皆《みんな》をファミレスに誘《さそ》い、お疲《つか》れ様会という名の女子会を開くと、そこでメンバー一人一人に感謝を告げ、さらにはお返しをしたいとまで申し出た。

その申し出に『またライブしたいなぁ』と答えたのが、何も手伝っていなかった美智留だというのはご愛嬌《あいきょう》としても、その願いはメンバー全員の一致《いっち》するところであり……

『安芸くんみたいにライブハウスは取れないけど、一つだけアテがあるかも……』

そして、恵のその一言（とその後の対応）により、今日のこの晴れ舞台は、見事に調《ととの》えられたという訳で。

……まぁ、そのために彼女たち全員が今日、自分たちの学校をサボっているという事実はここでは触《ふ》れないでおくことにするけれど。

「ところでさぁ……そのカトメグちゃんだけど、どう思う？」

「どうも何も、付き合ってるに決まってんじゃん、あの二人」

「ていうか、夫婦？」

と、そこで美談で終わらせないのが、ガールズバンド『icy tail』の、〝ガールズ〟たる所以《ゆえん》で。

「男んちで料理作ってたしね。しかも当然のように」

「そもそも、あたしたちが来た前の日から泊《と》まり込みだったんでしょ？」

「何かあるならヤバいし、何もないならその気安さがかえってヤバい……」

という訳で、今日のライブへの意気込みや緊張《きんちょう》などどこへやら……

特に今しなくてもいいはずの、ゲスい噂話《うわさばなし》に花が咲《さ》き始める。

「そもそも、やらかしてんのアッキーなのに、当然のように責任取ろうとするし」

「あたしたちに疑われてんのわかってるはずなのに、隠《かく》そうとしないしね〜」

「あれが共学の気安さというのなら、女子高になんか入るんじゃなかった……」

「あ〜もうっ！　なんでミッチー気づかないのあの空気に！」

「奴《やつ》は四天王《icy tail》の中でも最弱……無菌《むきん》室で培養《ばいよう》された純血種の女子高生よ」

「ていうか、ミッチー全然相手にされてないよね彼女に」

「しかも詫《わ》びライブとか……敵に塩送られてるし！」

「塩ってほど敵視されてないから。敢《あ》えて言うならお歳暮《せいぼ》？」

「しかも『安芸家』からのね」

「…………」

「…………」

「…………」

女三人の姦《かしま》しさから一転、室内に静寂《せいじゃく》が美智留……いや満ちる。

彼女たちの胸に去来したのは、自分たちが夢を預ける、バンドの華《はな》たるボーカルにして憧《あこが》れのヒーロー（敢えてヒロインとは言わない）の、約束された敗北の……いや勝負にすらならない戦いの末路で。

「おっまたせ〜！　さ、リハやるよ〜！」

と、そんな静まり返った室内に、今度は三人の声量をたった一人で凌駕《りょうが》してしまうほどの、元気で陽気で脳天気な声が響く。

「や〜、加藤ちゃんが実行委員会に交渉《こうしょう》してくれてさ、今から三〇分だけ音楽室使わせてくれるって！」

「ミッチー……」

「…………」

「…………」

三人が一斉《いっせい》に扉《とびら》の方に振《ふ》り向くと、そこにはたった今、彼女たちの脳内で死亡確認された、癖《くせ》っ毛ショートの脳天気系彼女。

ガールズバンド『icy tail』ボーカル&ギター、氷堂美智留。通称ミッチー。

「……どしたのみんな？　元気ないな～？　もしかして緊張してる？」

「あ、あ～……」

「ま、まぁ……」

「そ、そうかも……」

「なんだなんだ情けないな～？　ほら、この前のライブ思い出しなよ～！　伝説作ったじゃん！　あたしたち、全然通用したじゃん！」

「う、うん……」

「そ、そうだね……」

「ミッチーの言う通りだね……」

その姿は、彼女たちにとって、まるでドラマの回想シーンのように、在《あ》りし日のキラキラとした輝《かがや》きに満ちていて……

って、実際には今まさに目の前で起こっていることだったけれど。

「しょうがないな～……よし、そんじゃ、この前みたいに気合入れてあげるよ。ほら」

そして、そんなリアルな存在の美智留が、彼女たちの前に手を差し出す。

何もかも自分の思い通りになると信じて疑わない、その強い瞳《ひとみ》のままで。

だから三人は、いつも通り、彼女に引っ張られるように、その手に自分たちの手を重ねていく。

「『icy tail』伝説第二弾《だん》だ……豊ヶ崎のコたち、全員引きずり込むよ？」

「ファン、増えるといいね」

「ライブ終わった後、合コンとか誘われないかな～」

「だからエチカは彼と別れてからそういうこと言って」

さらに三人は、いつも通り、彼女に引っ張られるように、その夢に自分たちの夢を重ねていく。

「それじゃみんな、準備はＯＫ？　……『icy tail』、いっくよ～！」

「「「お～！」」」

そして三人は、最後だけ、美智留を上回る大きな気合の声を上げる。

……『まぁせいぜい頑張《がんば》れ、ミッチー』という、微妙《びみょう》なエールを心に秘めつつ。

chapter3：Hashima

お昼時の本棟の廊下《ろうか》は、一年中で一番の盛り上がりを見せていた。

各教室の扉や窓には、様々な装飾《そうしょく》が施《ほどこ》され、客引きをする生徒たちや冷やかしの一般《いっぱん》客たちで溢《あふ》れかえり、まるで某《ぼう》イベントのような人混みに……いやすいませんそれは盛り過ぎでした。

「うっわぁ、高校の学園祭なのに、すっごい盛り上がってるね～！」

「豊ヶ崎は高校の学園祭の中でも、一般入場者が多いことで有名だしね」

そんな、まっすぐ進むのも困難な廊下を、すいすいと人を避《さ》けつつ、しかも周囲にうるさく感じさせない絶妙《ぜつみょう》の音量で会話する、二人の人混み慣れした男女が歩いていた。

「いいなぁ、こういう雰囲気《ふんいき》……やっぱりわたし、豊ヶ崎受けようかなぁ」

目をキラキラさせながら、視界に入るものすべてに憧れの視線を向ける、お団子ヘアの、小柄《こがら》で一部分だけ小柄じゃない女の子の名前は、波島《はしま》出海。

「なら、もうちょっと成績上げないとね、出海」

そして、そんな彼女を軽くあしらいつつも優しく見守る、茶髪《ちゃぱつ》天然パーマの、スリムで長身な男子の方は、出海の兄、波島伊織《いおり》。

……まぁ、どちらも豊ヶ崎生ではないその兄妹《きょうだい》が、こうして平日の昼間に他校の学園祭を楽しんでいる状況《じょうきょう》については、前出《icy》の女子《tail》たちの事情同様、詮索《せんさく》せずにいていただければありがたく存じますということで。

「ま、それはそうと、それで、出海を招待してくれた友達のコとは連絡ついたのかい？」

「恵さんなら、さっきＬＩＮＥでメッセージ届いたよ。なんでも色々と予定が押してるから、一時に合流しようって」

「三〇分後か……忙《いそが》しいんだね、その人」

「〝その人〟って……お兄ちゃんもこの間会ってるでしょ？　ほら、倫也先輩《せんぱい》や澤村《さわむら》先輩と一緒にいた、加藤恵さんだよ～」

「……いたっけ？」

「も～、お兄ちゃん！　そうやって、興味ある人とない人で極端《きょくたん》に扱《あつか》い変えるのやめようよ～」

「いや、そう言われてもなぁ……」

伊織は、本気で覚えていなかった。

それは彼が、確かに出海の言う通り、興味ない相手にはとことん淡泊《たんぱく》だったから。

そして、あの時対峙《たいじ》していたのが、他の人に気を取られている暇《ひま》なんかないほど、彼にとって重要な相手だったから。

それは、伊織が自らのサークルに引き入れようと画策していた売れっ子イラストレーターの柏木《かしわぎ》エリ……澤村・スペンサー・英梨々《えりり》と。

そして、その柏木エリの現在のパートナーにして、彼がもっとも執着《しゅうちゃく》する、〝宿敵〟ともいえる相手、だったから。

「ま、恵さんもお兄ちゃんに興味持たれたら、それはそれで危険だし、かえってよかったのかもしれないけどね」

「なぁ、思うんだけどさ……ここ最近の、出海の僕に対しての扱い、どんどん酷《ひど》くなってきていないかい？」

だが、もし伊織が、〝その人〟と〝宿敵〟の実際の関係をもう少し詳《くわ》しく知っていたら、出海の危惧《きぐ》するのとは逆の方向に、とてもとても危険なことになっていたのだが……

「ここ最近のお兄ちゃんが、わたしに対してどんどん本性《ほんしょう》出し過ぎてるからでしょ！」

「え〜」

……まぁ、それはまた後の話ということで、今はまだ、この兄妹の仲睦《なかむつ》まじい様子を楽しんでいただければ幸いです。

「そりゃだって、いきなり『実は僕、「rouge en rouge」の代表なんだ』なんて言われてもドン引きするしかできないよ！」

つい数か月前まで、出海は、伊織が超《ちょう》大手サークルを運営していることを知らなかった。

いや、正確に言えば、外見も中身も明らかにリア充《じゅう》でチャラ男の兄が、まさか自分と同じオタクであるなんてことは、まるっきり想像の範疇《はんちゅう》外だった。

「その僕に向かって『rouge en rouge』で絵を描《か》いてみたいって言ったのは出海だよ？」

「そうなるように仕向けたくせに……」

「それでも出海が『柏木エリに負けたくない』って言わなければ、僕は自分の正体をバラさなかったよ……あと二年はね」

でも、そんな兄の本性を知ったとき……

出海は、今まで自分でも気づいていなかった、自分の本性をさらすことになった。

「二年も、待てないよ……」

だから二人は、今まで通りの、『そこそこ仲が良いけれど、そこそこ不干渉《かんしょう》』な、普通《ふつう》の兄妹でいることをやめた。

そして二人は、共通の、けれど微妙に異なる野望を実現させるために、お互《たが》いの力を利用しあうパートナーとなった。

「まぁ、今の出海なら、二年待たなくてもいいかなって思えたけどね……」

共通の、けれど微妙に異なる敵と戦うために。

共通の、けれど微妙に異なる憧れの相手に近づくために。

「……出海？」

そんな、カロリーの高い誓《ちか》いを思い出したら腹が減ったのか……

伊織が気づくと、いつの間にか出海は、彼の背後から数歩離《はな》れた廊下の真ん中で、ぼうっと突《つ》っ立っていた。

「疲《つか》れたかい？　それともお腹でも減った？　近くの店で休憩《きゅうけい》しようか？」

目の前では、『三年C組　メイドカフェ』との看板が、食欲《しょくよく》とはちょっと方向性の違《ちが》う欲求を刺激《しげき》していたが、敢《あ》えてそれには触《ふ》れず、伊織は出海の、伏《ふ》せた顔を覗《のぞ》き込む。

「な、な……」

「ど、どうした出海？」

けれど、伊織のそんな軽い認識を裏切るかのように、出海の表情は激しく揺《ゆ》れ、額には脂汗《あぶらあせ》が浮《う》き、その感情の動きの大きさを物語っていた。

「こ、これ、これっ……」

さらに、出海の激しく震《ふる》える手の先を見ると……

その指先に握《にぎ》られていたのは、一枚のチラシで。

「ミス豊ヶ崎、投票よろしくお願いしま〜す！」

「結果発表は日曜の一時から校庭の特設ステージで開催《かいさい》しますので、皆《みな》さん是非《ぜひ》お越《こ》しくださ〜い！」

ふと周囲を見回すと、ついさっき二人が通り過ぎた階段の側で、実行委員会らしき男子生徒たちが一生懸命《いっしょうけんめい》声を張り上げては配りまくっていて……

「なになに？　え〜と………あはははははははははははは〜」

「笑いごとじゃな〜い！」

そして、妹の手にあったチラシの中の、ひときわ大きな煽《あお》り文句を見て、彼女がどうして硬直《こうちょく》しているのかを正確に読み取った伊織は……

もはや、そのしょうもなさとどうしようもなさに、心の底から大声で笑ってしまうしかなかった。


『澤村英梨々　連覇《れんぱ》なるか⁉』


「あ、あ、あのひと……っ」

「……さすがにこれは勝負のしようがないね〜」

二人の脳裏《のうり》に、彼女の宿敵と、彼のターゲットである金髪《きんぱつ》ツインテールの少女の容姿が同時に浮かぶ。

「あ、あ……あんなに大人気《おとなげ》なくて喧嘩《けんか》っ早いくせに～！」

「まぁ、少なくとも容姿の華《はな》やかさは文句のつけようがないからねぇ……もし本人がちゃんとスペースに顔出してたら、数百人のストーカーに狙《ねら》われるレベルだし」

「みんなあの人の本性を知らずに騙《だま》されてるだけだよぅ！」

「いや、ミスコンに出るコなんてそんなもんだよ？」

かつて某《ぼう》校のミスコン女王とも一時期付き合ったことのある男は言うことが違った……

というのはさておき。

「日曜日……明後日《あさって》かぁ……」

「出海？」

その瞬間《しゅんかん》、妹の目に、ほの昏《ぐら》い炎《ほのお》が宿るのを、伊織は見てしまった。

「恵さん、日曜のチケットもくれるかなぁ……頼《たの》んでみようかなぁ」

「まさか結果発表も見に来るつもりかい？　けど日曜はサークルの合宿……」

「だってだって！　こんなの納得いかない！」

「いや、だからって、どうすることも……」

「……暴いてやる」

「はぁ？」

「コンテスト会場でヤジ飛ばして、本性をさらけ出させてやるんだから～！」

「勝負は冬コミでつけるんじゃなかったのかい？」

「それは柏木エリとの勝負だもん！　澤村先輩とは、顔を合わせた瞬間に殴《なぐ》り合うのがルールなんだもん！」

「どこの秋○書店の世界だよ……」

「さあっ、とにかく恵さんと合流するよ？　お兄ちゃん急いで！」

「いや、ちょっと待って、出海……」

そんなこんなで、まったく予想しない方向で勝手に燃え上がってしまった出海の後を追いつつも……

伊織は、この後の面倒《めんどう》な事態を避けるため、出海と『わざとはぐれる』タイミングを冷静に測ることにしたりした……

chapter4：Megumi-2

「どこ行ったのかなぁ……」

午後二時過ぎの、相変わらず混みあっている廊下《ろうか》を、恵が早足で駆《か》け抜《ぬ》けていく。

というか、今日の恵は、ずっとこんな感じで慌《あわ》てていた。

寝坊《ねぼう》したせいで、美智留と約束していた、実行委員会を交えてのライブの打ち合わせに大幅《おおはば》に遅刻《ちこく》してしまった。

最終的には打ち合わせだけでなく、その後のライブも滞《とどこお》りなく終わり、事なきを得たけれど……

ただ、ライブ後に、遅刻のことを謝る恵に向けた、美智留以外の三人の、変に生温かい視線が微妙《びみょう》に気になった。

さらに、出海と約束していた、『一緒《いっしょ》に学園祭を回る』という約束にも、色々あって十分応《こた》えられなくなってしまった。

まぁ、合流した瞬間に出海は妙な剣幕《けんまく》でまくし立てるわ、いつの間にか付き添《そ》いの兄ははぐれてしまっているわと、向こうにも色々とあったらしくて、良心の呵責《かしゃく》を感じる暇もないくらいなだめるのに苦労したけれど。

「まずいよ安芸くん……」

そして今、とうとう、今日最後の、そして最大の重大事に直面するため、屋上へと続く階段を上っている。

「この選択《せんたく》は、霞ヶ丘先輩《かすみがおかせんぱい》にとって、すごく重い意味を持ってるよ？」

手元のスマホは、さっきからずっと発信を続けているのに相手が出る気配はない。

「わかってるのかなぁ……」

だから恵は、一抹《いちまつ》の不安を抱《かか》えたまま、勢い込んで屋上の扉《とびら》を開け……

……そして数秒後、とてもとても静かに閉めることとなった。

並行世界の辻褄《つじつま》合わせ

「今日はわざわざお越《こ》しくださりありがとうございました……嵯峨野文雄《さがのふみお》先生」

「あ〜、いえ、こちらこそ、どうも」

一一月も終盤《しゅうばん》となった、とある週末の午後。

大手出版社、不死川《ふしかわ》書店が居を構えるビルの会議室では、二人の女性が向かい合い、今まさに打ち合わせが始まろうとしていた。

「……というか、嵯峨野先生って女性だったんですね。ペンネームやメールの文面から、てっきり男性の方かと」

「あ、えっと、実はですね、あれはお兄ちゃん……兄との共同ペンネームっていうか」

「お兄さん、ですか？」

「まぁ、諸々の事情がありまして……実際に絵を描《か》いてるのはあたしなんですけど、表向きは、兄が嵯峨野文雄ってことになってまして」

「はぁ……」

その会議室で向かい合っている二人のうち、黒のスーツでビシっと決めた女性の方は、アニメでも重要なゲストキャラとしてお馴染《なじ》みの、不死川書店ファンタスティック文庫編集部、町田《まちだ》苑子《そのこ》副編集長（ＣＶ：桑島法子《くわしまほうこ》）だった。

けれどもう一人の、町田よりも一回りは若そうな、ヒラヒラの可愛らしい服に身を包んだ女性の方は、アニメどころか、原作でさえも本編《ＧＳ２にしか》には出てこないレアキャラで……

その、嵯峨野文雄と名乗る、同人界隈《かいわい》で最近人気急上昇《じょうしょう》中のイラストレーターにして、その男性っぽいペンネームにそぐわない、十人が十人〝可愛い〟と評するに違いない、紛《まご》うことなき美少女を前にして、町田は何とはなしに、彼女に対して独特の印象を抱《いだ》いていた。

それは、『男性名ってストーカー対策？』とか『その兄っていうの、本当は彼氏なんじゃ？』とか、今の会話から繋《つな》がるような邪推《じゃすい》などではなく……

『このコ……真唯《まゆい》に似てるなぁ』

町田が副編集長になった今でもずっと担当している作家、霞詩子《かすみうたこ》のデビュー作『恋《こい》するメトロノーム』の登場人物……

セカンドヒロインとして造形されておきながら、メインヒロインであったはずの沙由佳《さゆか》からその座を奪《うば》い取り、主人公と結ばれた〝真唯〟のビジュアルを重ねていたりした。

※　※　※

「それで、ご検討いただけたでしょうか？」

「霞詩子先生の次回作の挿絵《さしえ》、ですか……」

「はい、今のところタイトルは『純情ヘクトパスカル』というのを予定しています」

まぁ、そんな相手に対するニッチな第一印象は脇《わき》に置いておいて、町田は当初の予定通り、細かく文字が印刷された二枚の書類を差し出すとともに、今日、彼女をここに呼び出した目的について切り出した。

その、差し出した書類の先頭には『純情ヘクトパスカル　企画書《きかく》（第三版）二〇××／七／七　霞詩子』との文字が、他より大きめのサイズで踊《おど》っていた。

純情ヘクトパスカル――
デビュー作『恋するメトロノーム』が、全五巻で五〇万部突破《とっぱ》という、新人としては素晴らしいヒットを飛ばした霞詩子の、満を持《じ》してのセカンドシリーズだ。

不死川書店としても、発売前から雑誌で特集を組んだり、とある自治体とタイアップを進めたりと、まさに破格の扱《あつか》い尽《づ》くしの期待の新作である。

……ちなみに様々な事情で満を持し過ぎ、前シリーズ完結から半年経《た》ってもまだ刊行されていないため、こうしてしっかり時間を掛《か》けて挿絵候補を選別できる。

「純情……青春モノ、ですか？」

「というより、ラブコメディに近いですね。当たる時はドーンと当たり、雨後の筍《たけのこ》のように類似品が量産され、そのせいで一時は廃《すた》れるものの、時間が経てばまたゾンビのように復活する周期的な流行病のようなジャンルです」

「ちょっとちょっとちょっとぉ!?」

「つまり要するに、どの時代でも固定ファンのついている堅《かた》いジャンルということです。心配には及《およ》びませんよ」

「とてもそういうふうに言ってるように聞こえないですけど～！」

「まぁ、それはともかく、そんな訳で明るく可愛い作品ですので、嵯峨野先生の作品の方向性とも合うと思うのですが、いかがでしょう？」

町田が、彼女――嵯峨野文雄に白羽の矢を立てた理由は、四つあった。

一つは、彼女が自ら（と兄）のサークル『cutie fake』で頒布《はんぷ》する同人誌が、最近とみに人気が高く、中古同人ショップでもガラスケースの常連であること。

一つは、そんなプレミアム同人誌に掲載《けいさい》されているイラストが、評判通り、ポップで色彩鮮《しきさいあざ》やかでキャラクターもとても可愛く、とにかくレベルの高い萌《も》えを提供していたこと。

一つは、そんな新進気鋭《きえい》の人気作家にもかかわらず、今まで商業仕事に一度も関わっていない、いわゆる〝初物〟だったこと。

そして最後……というか、これが全ての始まりだったのだが、彼女、嵯峨野文雄が、有名ブログ『TAKIのHP』で絶賛されていたこと……

そう、町田は、霞詩子をスターダムに押し上げたといっても過言ではない有名ブロガー、TAKI《安芸倫也》の先見の明を、自分のそれと同じくらいに信用していた。

だからこそ、彼が、去年の時点で『今年一番の掘《ほ》り出し物』と評していた嵯峨野文雄は、半年以上前から、彼女の『次の大物タイトルのときの切り札』の一番候補として挙がっていたのだった。

「でも、失礼ですけど、本当に、そんな明るく可愛い作品になるんですか？」

「……何か心配なことでも？」

そんな前のめりな町田とは対照的に、当の、ある意味シンデレラでもある嵯峨野文雄の方は、いまいち懐疑《かいぎ》的な反応を返す。

「えっと、実はあたし、お話をいただいてから、霞先生の『恋するメトロノーム』読んだんですよね」

「……あぁ」

「けれど、いまいちピンとこなくって……悪いんですけど」

けれども、その一言で町田には、彼女の微妙《びみょう》にネガティブな反応の理由の六割くらいは察しがついた。

嵯峨野文雄が、明るく可愛いラブコメのサンプルとして『恋するメトロノーム』に触《ふ》れたのなら、そういう反応になってもおかしくない、と。

何故《なぜ》なら『恋するメトロノーム』という作品は、そもそも『明るく可愛いラブコメ』とは対極……とは言わないまでも、斜《なな》め四五度ほどの方向性の違《ちが》いがあった。

登場人物たちは、恋に対して真剣《しんけん》に悩《なや》み、時には怒《いか》り、時には泣き、醜《みにく》い感情を露《あら》わにしてぶつかりあう……

そんな〝堅さ〟は、霞詩子という作家の、紛《まぎ》れもない美点だし、これからも伸《の》ばしていきたい資質ではあったけれど。

それでも目の前の彼女のように『可愛い』を重視するユーザーには、受けが悪いかもしれなかった。

「それなら、まったく心配ありません……『純情ヘクトパスカル』は、間違《まちが》いなく『明るく可愛いラブコメ』になります。私が保証します」

「そうなんですか……？」

けれど町田には、今、彼女自身が口にした通り、そんな疑念や心配を覆《くつがえ》す自信があった。

一つは、今回の企画《きかく》に関しては、立ち上げの時点から自分も積極的に関わり、方向性についてしっかりコンセンサスを取って進めてきたから。

そしてもう一つは、霞詩子という作家の、得意ジャンル以外への対応力と、そして、やがてはジャンル違いの読者をも引き込めるようになる真の実力を持っているはずという信《しん》頼《らい》から。

「副編集長、印刷できましたよ～」

「待ってた北田《きただ》君！」

そして、すぐ次の瞬間《しゅんかん》、彼女の自信を裏付けるはずのものが届いた。

ノックとともに会議室に入ってきたアルバイトの青年が、ダブルクリップで止められた分厚い紙束を、テーブルの上にどんっと置く。

「これって……？」

「はい、これぞ明るく可愛いラブコメですよ」

「それって……」

「『純情ヘクトパスカル』の初稿《しょこう》です……嵯峨野先生」

それは、ちょうど打ち合わせが始まるほんの数分前に、霞詩子からようやく届いた玉稿《ぎょっこう》だった。

「いいんですか？　その、発売前のものを……」

「それどころか、まだ私も目を通していません」

……ちなみに当初の約束では、昨日中に届くはずの玉稿だった。

…………ちなみにちなみに、当初の当初の話では、二か月は前に届いていて今月あたりに刊行されるはずの玉稿だった。

「編集さんも見てない原稿なんて、余計にまずいんじゃないですか？　だってわたし、まだ請《う》けるかも決めてないのに……」

「構いません。断られた後のことを今考えてもしょうがないですから」

でも町田は、そんな胃の痛くなるような感情を今は封印《ふういん》し『今この時間にこの原稿が届いたのは、まさに神の思《おぼ》し召《め》しだ』などとラノベ編集らしいご都合主義に置き換《か》え、澄《す》み切った目で目の前のイラストレーター候補を見つめる。

「じゃ、じゃあ……失礼します」

で、そんな夢見る大人の力に気圧《けお》された若手の方は、いつしか完全に町田のペースに乗せられ、緊張《きんちょう》の面持《おもも》ちで紙束を手に取る。

それは、厚さにして五センチを優に超《こ》え、両手にずしりと重くのしかかり……

そこに作家の執念《しゅうねん》や情熱や、その他諸々の正負の感情が込められているように思えた。

「…………」

「…………」

そして、それから一時間……

嵯峨野文雄が『失礼します』と口にしてから、会議室には、一言の言葉も発せられてはいなかった。

そこに零《こぼ》れる音は、彼女の手が定期的に紙をめくる音と、二人の吐息《といき》と、たまに軋《きし》む椅《い》子《す》の音だけ。

読み終え、裏返された紙束は、全体の半分くらいになってはいたけれど……

逆に言えば、まだまだ半分も残っていて、この沈黙《ちんもく》があと一時間近くは続くことを、二人は十分に認識していた。

「…………」

「…………」

それでも、町田は退屈《たいくつ》そうにするでもなく、途中《とちゅう》までの感想を乞《こ》うでもなく、ただひたすら背筋を伸ばし、嵯峨野文雄をまっすぐに見つめ。

そして嵯峨野文雄の方も、町田の視線を気にするでもなく、飽《あ》きて手を止める様子もなく、ただひたすら紙をめくり、文字を目で拾う。

「……どうも」

「…………」

そして、さらに一時間……

全ての原稿が裏返され、深いため息とともに、二時間ぶりに発せられた嵯峨野文雄の言葉に、町田は、深く頭を下げて応《こた》えた。

「いかがでしょうか、嵯峨野先生？」

そして、頭を上げると、すぐに編集者特有の、作家に物事を頼《たの》む時によく出る、決して折れず退《ひ》かず諦《あきら》めず譲《ゆず》らないハイエ……いや狼《おおかみ》のような視線で彼女を見つめる。

「この作品のイラストを……描《か》いていただけないでしょうか？」

こう依頼《いらい》した瞬間、町田の頭の中にはもう、表紙の入稿日《にゅうこう》とか、口絵イラストの構図とか、モノクロ挿絵《さしえ》の挿入箇所《そうにゅうかしょ》とか、ショップ特典描き下ろしの枚数とか、サイン会の顔出し可否とか、調整したいことが山のように存在した。

けれど今は、まずは相手の意思を尊重し、ただただ物欲しそうな目で睨《にら》みつけ……いや凝視《ぎょうし》する。

「えっと、改めて聞きたいんですけど……」

しかし肝心《かんじん》の嵯峨野文雄の方は、町田のような覚悟《かくご》を決めた様子ではなく、依然《いぜん》戸惑《とまど》った表情で、揺《ゆ》れる声を返してくる。

「どうして、この作品を、あたしに頼もうと思ったんです？」

「嵯峨野先生のポップでキュートな絵柄《えがら》がベストマッチだからですよ！」

その曖昧《あいまい》な態度をチャンスと受け取ったのか、町田の方は即座《そくざ》に強い意志を示すことにより、相手の逃《に》げ場をなくし……ああ、いや、追い詰《つ》め……ああ、いや。

「こ、これが……ポップでキュート……？」

「……嵯峨野先生？」

しかし、相手の言葉と反応は、徐々《じょじょ》に町田が期待したそれとずれてきて……

「あ、あの、本当に、この作品のタイトル『純情ヘクトパスカル』っていうんですか？　それって何かのアンチテーゼ？」

「は、はぁ……？」

「すいません……あたしには、不死川書店さんの考えてることがわかりません」

そして、とうとう最後に、青ざめた表情で俯《うつむ》き、原稿を突《つ》き返してきた。

「ど、どうして……嵯峨野先生？」

「いやどうしてって……あたしあなたの考えてることさっぱりわかんないよ！」

「えええええ～!?」

「これが『明るく可愛いラブコメ』って……どういう感性？　ラノべってそういうものなの？　あたしの感性の方がおかしいの!?」

「ちょ、ちょっと……？」

「すいません、なんか混乱しちゃって……あの、ごめんなさい。今日はこれで失礼させていただきます」

と、嵯峨野文雄は、青ざめた表情を崩《くず》すことなく……いや普段《ふだん》の表情から崩れたまま、そそくさと逃げるように会議室から早足で去っていった。

「さ、嵯峨野先生～!?」

そして、編集者としてかなり屈辱《くつじょく》的なことを言われたはずの町田は、今はそんな細かいニュアンスなど気にしている場合でもなく、ただただ混乱したまま彼女を見送った。

「な、なに？　どうして……？」

それから町田は、しばらくの間、嵯峨野文雄の出ていった扉《とびら》を呆然《ぼうぜん》と見つめたまま立ち尽《つ》くしていたけれど……

それでも、少しだけ冷静さを取り戻《もど》すと、彼女が自分に突き返した、目の前の原稿を手に取った。

そして、全て裏返された原稿を何気なく表に返し、最初のタイトルを目にして……

『cherry blessing　第二稿（瑠璃《るり》ルート）　霞詩子』

「北田ぁぁぁぁぁぁぁぁ〜〜〜！」

編集部全てを震《ふる》わせる、地獄《じごく》の底からの絶叫《ぜっきょう》を放った。

※　※　※

「すんませんすんませんっ！　超《ちょう》・超特急ってんで中身チェックしてませんでした～！」

「う……」

その（不死川書店とは無関係な）原稿を届けたバイトの青年は、町田の剣幕《けんまく》に、全身を硬直《こうちょく》させたまま深々と頭を下げた。

で、当の町田の方は、その振《ふ》り上げた拳《こぶし》の下ろし先を見失い、勢いを萎《しぼ》ませつつ微妙《びみょう》な表情で彼を見下ろしていた。

そう、何しろ超・超特急と強調したのも、まるで内容をチェックしていなかったのも、明らかに自分にも責任……というか自分の責任の方が大きかったから。

「たった今霞先生の方ともメールで連絡《れんらく》取れまして……その、他に納品するはずのデータを間違って送ってしまったと……」

「……他に転送したりは？」

「してませんっ！　ついでにメールも添付《てんぷ》資料も全てサーバから削除《さくじょ》しました！　残ってるのはこの印刷したやつだけです！」

そして明らかに、ミスをしたのはここにいるメンバーではなく、これを書いた作家本人《霞詩子》だったから。

「それで、『純情ヘクトパスカル』の方は？」

「そ、それが、改めて届いたんですが……その……」

「これ以上怒《おこ》らないから、事実をありのままに教えて？」

「実は、まだ半分も上がっていないようでして……」

「……………そう」

しかももしかしたら、これはミスではなく、締《し》め切りに間に合わなかった作家がカモフラージュで別の原稿を送ってきたのではないかという疑惑《ぎわく》が……

いやその場合、何が狙《ねら》いだったのかは作家本人にしかわからないけれど。

『あたしあなたの考えてることさっぱりわかんないよ！』

『これが「明るく可愛いラブコメ」って……どういう感性？』

今になって、あの時、嵯峨野文雄が放った言葉が腑《ふ》に落ちてくる。

というか、『タイトルから違《ちが》ってるんだからすぐ気づいてくれればいいのに……』という愚痴《ぐち》はわざわざ口にしないことにした。本人もいないし。

「これが……詩《しー》ちゃんが私をほったらかしてTAKI君に捧《ささ》げた原稿、かぁ」

「TAKI君？」

「気にしないで。単なる盟友にして天敵よ」

「は、はぁ……」

で、その代わりに愚痴なのか感慨《かんがい》なのかよくわからない言葉を口にしつつ、町田は、その、編集部にたった一部だけ残った紙原稿《げんこう》を、改めて手に取った。

で、冷静に見てみると、これがまた五センチを超える分厚い紙束で、もしこれがラノベ原稿だったとしたら『まず半分に削《けず》ってから持ってこい！』とか『上下巻のつもりか！』とか『あんたラノベ書いて何年になるのよ!?』とか言い出してしまいそうな分量で……

これはもう、町田としては、何故《なぜ》最初から気づかなかったのかと、自分の迂闊《うかつ》さを呪《のろ》うしかなかった。

「では拝読……」

「えっと、副編集長、だからそれも廃棄《はいき》しないと……」

「三〇分待ちなさい」

「……はひ」

まぁ、それはそれとして……

目の前に、自分の崇拝《すうはい》……いや担当する作家の、しかも最新作の原稿があるとした場合、彼女に、それを読まずに捨てるなどという選択肢《せんたくし》はあり得なかった。

それにまぁ、こちらの原稿を遅《おく》らせた挙句、イラストレーターとの交渉《こうしょう》も台無しにしてしまったズボラ作家にそこまでの義理立てをする必要性も感じなかったりして……


「…………」

「…………」

そして、またそれから一時間……

町田が『三〇分待ちなさい』と口にしてから、会議室には、一言の言葉も発せられてはいなかった。

と、まぁ、この時点で町田の約束は完全に口約束だったことが判明している訳だが……

「……ふぅ、ありがとう。もうシュレッダーしていいわよ」

それでも、さすがに編集者らしく、嵯峨野文雄の半分の時間で全原稿を読み終わると、その紙束をバイト青年に手渡《てわた》した。

「……どうでした？」

「北田君は読んだの？　これ」

「いや、流石《さすが》に悪いかなと思って……」

「そう……」

「でも、霞詩子の生原稿だし、どんな内容だったのかなってのには少し興味が……」

と、適当な理由をつけてはみたものの……

彼が、目の前の原稿に興味を惹《ひ》かれたのは、実はたった今のことだった。

「そうねぇ……霞詩子だったわねぇ」

「なるほど、霞詩子節《ぶし》ってやつですね？」

だって彼は、町田副編集長の表情を、一時間ずっと眺《なが》めていたから。

「それに、沙由佳《さゆか》だったわねぇ」

「あぁ、『恋《こい》するメトロノーム』の？」

彼女の、この原稿を読んでの変遷《へんせん》を、ずっと眺めていたのだから。

「そして……詩ちゃんだったわねぇ」

「……それって最初に言ったのと同じじゃ？」

「同じように聞こえるかもしれないけど、全然違うのよ……」

「はぁ……」

その、徐々に、徐々に、時間を忘れ、我を忘れ、恍惚《こうこつ》となっていく〝完全にハマった〟読者の反応を、目《ま》の当たりにしていたのだから。

町田の、ラノベ編集者の視点から見てみると、その〝ゲームシナリオ〟は、実に良く出来た伝奇《でんき》〝小説〟だった。

それこそ、(レーベルをどこにするかは検討の余地があるとしても)このまま本として出版してもいいくらい、〝小説としての〟完成度が高かった。

これぞ『恋するメトロノーム』の霞詩子の新境地であり、そして、彼女の系譜《けいふ》をしっかりと受け継《つ》ぐ、正統な後継作《こうけい》でもあった。

そして、町田の、個人の視点から見てみると……それは『恋するメトロノーム』と同じく、痛々しいまでの〝自伝小説〟だった……

「さてと……それじゃ、次の挿絵《さしえ》候補探さなくちゃね。北田君のお薦《すす》めとかいる？」

「嵯峨野先生、諦《あきら》めるんですか？　再交渉しなくていいんですか？」

「いいのよ。もし気が変わってやる気になってくれたら、向こうから連絡してくるでしょ。それに……」

「それに？」

「……これを読んで何も感じない奴《やつ》とは、仕事なんかしたくない」

「副編集長……」

などと、一人でカッコつけてはいたものの……

本当のところ、町田には、単なる確信があっただけだった。

だって彼女は、嵯峨野文雄の表情を、二時間ずっと眺めていたのだから。

彼女の、この原稿を読んでの変遷を、ずっと眺めていたのだから。

その、徐々《じょじょ》に、徐々に、時間を忘れ、我を忘れ、恍惚となっていく〝完全にハマった〟読者の反応を、目の当たりにしていたのだから。


（追記その一）

嵯峨野文雄から『やっぱりやります！』というサブジェクトのメールが届いたのは、それから三日後のことだった……


（追記その二）

帰宅後、すっかり伝奇系アドベンチャーゲームの虜《とりこ》になった嵯峨野文雄は、ネットで様々な情報を漁《あさ》り……

そしてタイミングよく、その日に体験版が公開された一本のゲームに辿《たど》り着く。

そのタイトルを『永遠と刹那《せつな》のエヴァンジル』という……

九年前の冬休み

注１：
このＳＳはアニメ版『冴《さ》えない彼女《ヒロイン》の育てかた♭《フラット》』の設定に準拠《じゅんきょ》しており、原作『冴えない彼女の育てかた』と異なる描写《びょうしゃ》があります。ご了承《りょうしょう》ください（諦《あきら》め）。

注２：
原作をお持ちの方は、どこがどう違《ちが》っているのかを検証するのも一興かと思います（開き直り）。

※　※　※

「ごめんね、ごめんね、ともくん……や、約束、守れなくって、ごめん、ね？」

「え、えりり……えりり〜っ！」

部屋の中に弱々しい陽光が差し込む午前八時過ぎ。

冬休みに入り、寝坊《ねぼう》をするも早起きするも自由なはずのその朝に、ベッドに横たわったまま、弱々しく呟《つぶや》く幼い少女。

普段《ふだん》は白磁のような頬《ほお》は、今は赤く染まり、額には大粒《おおつぶ》の汗《あせ》を浮《う》かべ。

「さ、倫也《ともや》君、うつるといけないから、そろそろ行こう」

「で、でも、えりりが、えりりがぁぁ～！」

そんな、少女の、まるで命の灯《ひ》が消えてしまいそうなくらいに儚《はかな》げな表情と声音《こわね》は、同じくらいの年恰好《かっこう》の少年にとっては、身を引き裂《さ》かれるほどの痛みに感じて。

「いつもの風邪《かぜ》だよ。昨日、はしゃぎ過ぎちゃったようだね。まだ那須《なす》の寒さに慣れてないのに」

「ほ、本当に？　えりり死なない？　絶対？　神様に誓《ちか》って？」

「ああ、倫也君が棺桶《かんおけ》を引きずって移動する必要もないし、お小遣《こづか》いが半分に減ったりもしないから」

女の子と同じくらいに白い肌《はだ》をした、日本人離《ばな》れした彼女の父親が、けれど流暢《りゅうちょう》な日本語と純日本産RPG的《ドラクエ》な表現で、少年を部屋の外に促《うなが》す。

「ともくん……ばいばい」

「えりりぃぃぃぃぃ～！」

それは、少年にとって、幾度《いくど》も目にしたおなじみの光景だったけれど。

それでも彼は、毎回同じ場面に遭遇《そうぐう》するたびに、こうして、世界が終わりを迎《むか》えたかのように泣き、愚図《ぐず》り、大人を困らせ、そして癒《いや》した。


その少年の名は、安芸《あき》倫也。

それは彼が、小学二年生の、冬休みに入って二日目の……

彼の大切な友達、澤村《さわむら》・スペンサー・英梨々《えりり》（の父親）が所有する、那須高原の別荘《べっそう》の、寒い朝のことだった。

※　※　※

「あら倫くん、何してるの？」

午前八時半。

英梨々の母親がキッチンに入ると、そこには既《すで》に先客がいた。

「え、えっと、えりりの朝ごはん……」

人の家のガスコンロの前で、火にかけたヤカンをじっと見つめていた小さな先客《倫也》は、悪《いた》戯《ずら》が見つかった子供のような――いや、ほぼその状況《じょうきょう》通りだが――気まずそうな表情を見せる。

「まぁありがとう。でも、火を使うのは危ないわ。ここはおばさ……お姉さんに任せて？」

「でも、もうすぐできるから……」

「できるって、何を……あ」

倫也の視線の先……テーブルの上には、封《ふう》の開いたカップ焼きそばのパッケージ。

それは昨日、別荘に着く前に買い出しで寄ったふもとのスーパーで、『ご飯はお母さんが作るから！　インスタントはいらないから！』と何度諭《さと》しても聞く耳を持たなかった二人の子供が、大量に買い物カゴに放り込んだカップ麺《めん》のうちの一つで……

「あのね倫くん、あの子、今は風邪ひいてるから、お粥《かゆ》くらいが……」

「でもえりり、昨日の夜から、ずっとこれ食べたいって……」

「あ～……」

（元腐女子《ふじょし》とはいえ）外交官夫人の矜持《きょうじ》として、今まで一度も与《あた》えてこなかったジャンクフードがここまで娘《むすめ》の飢餓《きが》感を刺激《しげき》していたという事実に、彼女は少しばかり反省しつつも……

それでも今この時に、カップ麺の中でも一番胸焼けしそうな焼きそばを選ぶそのセンスはどうなんだろうという気持ちも捨てきれずにいたりした。

と、そんな風に、彼女が少年を説得できずに逡巡《しゅんじゅん》しているうちに、ヤカンの注ぎ口から洩《も》れる湯気が盛大にお湯の沸騰《ふっとう》を知らせてきて。

「あ、お姉さんが……」

「ううん、ぼくがやる」

少年は、いそいそとヤカンを手に取ると、そこそこ危なっかしい手つきで、カップ麺にお湯を注いでいく。

やがて、カップの中を熱湯が覆《おお》い尽《つ》くし、白い麺を茶色くなったお湯が隠《かく》していき……

「倫くん……もしかして、ソース先に入れちゃった？」

「………あ」

そしてその日以降、彼、安芸倫也は……

二度と粉末ソースタイプのカップ焼きそばを買うことはなかったという。

※　※　※

「えりり〜、起きてる〜？」

「ともくん……？」

午後一時。

味気ないお粥を食べ、熱っぽい体を休めるために布団に潜《もぐ》ってから数時間後。

目を覚ました英梨々の前にいたのは、両手いっぱいにＤＶＤのトールパッケージを抱《かか》えた倫也だった。

「熱どう？　動ける？　水飲む？」

「部屋、入ってきて、いいの……？」

「大丈夫《だいじょうぶ》！　おじさんにも、おばさんにも許してもらってきた！」

「そう、なんだ……？」

朝方、『風邪がうつるから』と部屋を追い出された倫也は、その後も、ソース味のカップ焼きそば《失敗したカップ焼きそば》ラーメンをすすりつつ、英梨々の看病を諦めようとしなかった。

英梨々の両親に粘《ねば》り強く交渉《こうしょう》し、それでも『よそさまの子を預かっている責任が……』と渋《しぶ》る彼らを説得するために実家に電話をして、母親の『そちらがご迷惑《めいわく》でなければ……』との言質《げんち》を引き出した。

こうなると澤村家としても、せっかく別荘に招待した男子小学生を一人で部屋に閉じ込めておくのは気が引けたので、最後には『二人とも、毎日三回、必ずお薬を飲むこと』を条件に、彼を娘の世話係に任命することで手を打つことにした。

「さ、どれにするえりり？　どれもこれも、さっきおじさんと一緒《いっしょ》にゲ○で仕入れてきた新鮮《しんせん》なやつだぞ！」

「アニメ……っ！」

……まぁ、子供が子供の看病をする訳なので、『病人を大人しく寝《ね》かせたままにしておく』などという期待はできなかったけれど。

※　※　※

『あなたと、出逢《であ》えて、幸せ、でした……』

『待て……待ってくれ』

『さよなら……』

「…………」

「…………」

という訳で、そんな二人がベッドに並んで座って鑑賞《かんしょう》したのは、とある有名ギャルゲー原作の劇場版アニメ。

有名監督《かんとく》の起用や、派手なプロモーションに加え、何より原作が評判の名作だったこともあり、公開前から大きな話題を呼んだその作品は……

けれど独創的な監督の謎《なぞ》演出や、原作とかけ離《はな》れたキャラデザや、あまりに説明不足で投げっぱなしの展開により、今ではファンの間でなかったことになっている黒歴史作品で。

と、まぁ、それはともかく……

『沙織《さおり》？』

『…………』

『おい、沙織』

『…………』

『沙織ぃぃぃ～！』

「ふ、ふぇ……っ」

「……え、えりり？」

「ふぇぇぇぇ……うぇぇぇぇ～」

「え、え～!?」

「いやだぁぁ～！　しんじゃいやだぁぁぁ～！　うわぁぁぁぁぁぁ～ん！」

「あああああ～！」

問題は説明不足で投げっぱなしの展開ではなく、原作通りのラストシーンの方で。

というか中でも一番の問題は、心が弱っている病人と一緒に見るアニメなのに、最後にヒロインがコロッと死んでしまう作品を選ぶ、この小学生ならではの空気の読めなさの方で……

ちなみに作品のタイトルを、『Dear Memories《第一期二話参照》』という。

※　※　※

『エリー』

『……?』

『エリー……こっちだ』

『え……』

「……（わくわく）」

「………」

という訳で、アニメの選択《せんたく》ミスの口直しにと、今度は英梨々の方が指定したのは、とある有名乙女《おとめ》ゲー。

ここ最近の彼女の一押しタイトル『リトルラブ・ラプソディ』だった。

『久しぶりに、俺と街に出よう？』

『け、けれど、騎士《きし》様……』

『今はセルビスとお呼びください……殿下《でんか》』

「……（どきどき）」

「……っ」

そして今、英梨々がプレイしている箇所《かしょ》は、まさにゲーム終盤《しゅうばん》のクライマックスシーン。

女性主人公の王女エリー（命名：英梨々）が、幼なじみの聖騎士セルビスに、城から連れ出されて花火を見た上で告白されるという、超《ちょう》重要イベント。

……なのだが。


『綺麗《きれい》な、花火だな……』

『ええ……そうね』

『エリー……聞いてくれ』

『え？』

『俺は今から、お前に話さなければならないことがある』


「わ、わ、見てともくん！　見て！」

「……いいよ別に」

「え～！　なんでぇ？　セルビスの告白シーンだよぉ？」

「もう飽《あ》きたよ！」

「ふぇっ？」

何しろ、英梨々がこのゲームにハマってからのここ数か月……

「えりりいっつもセルビスじゃん！　ぼくがジーアス王子やりたいっていっても、ぜったいにプレイさせてくれないし！」

倫也がいつ澤村家に遊びに行っても、必ずこの、セルビスの攻略《こうりゃく》フラグが既《すで》に立っている三年目夏の〝お宝セーブデータ〟からの、選択肢《し》一つ変わらないプレイを何度も見せられた身となっては……

「で、でも、セルビス一番人気だし、顔も声もすきだし、それに……」

「えりりの趣味《しゅみ》なんて知らないよ！　ぼくはもうセルビスのルート見たくないの！」

まぁ、それに加えて……というか、恐《おそ》らくこちらが真の理由なのだけど……

自分と仲の良い女の子が、ゲームのキャラとはいえ……いや、ゲームのキャラだからこそ、特定の男に血道を上げている姿をずっと見せられている身としては、色々と思うところもあったりして……

「…………………ひぅっ」

「あ……」

まぁ、とはいえ、そんな小学校低学年の男の子の微妙《びみょう》な気持ちなど、小学校低学年の女の子に汲《く》み取れるはずもなく。

「う、うぇっ、ふぇぇ……うぇぇぇぇ～」

「あ、ああ……っ」

「うあぁぁぁぁ～ん！　ともくんが、ともくんがぁぁぁ～！　ふぇぇぇぇぇ～ん！」

「え、えりり？　ちょっと……やめてよ～！」

その後、泣き声を聞きつけた英梨々の両親が部屋に駆《か》けつけ、そして喧嘩《けんか》の原因を聞き出してほっこりするという、いつもの展開が繰《く》り広げられた。

※　※　※

……いや、このいつもの展開には、やっぱりいつもの続きもあったりして。

「三八度九分《ぶ》……はしゃぎ過ぎちゃったわね、英梨々」

「……ごめんね、ともくん」

「っ、え、えりり、えりりぃ……」

外はとっくに真っ暗に暮れてしまった午後六時過ぎ。

夕飯の雑炊《ぞうすい》を運んできた英梨々の母親がついでに測った体温は、お昼過ぎからまた一度近く上がってしまっていた。

まぁ確かに、ベッドに入ってアニメを見たりゲームをプレイしたりと、日中の英梨々の行動は、そこそこ病人らしいものではあった。

……とはいえ、男の子と一緒に大はしゃぎしながらというのであれば、やっぱりそこに使うエネルギーは、いつもの比ではなく。

「ご飯食べたらすぐに寝るのよ？」

「はぁぃ、ママ……」

「そしたら倫くんも、自分のお部屋に戻《もど》るのよ？　いいわね？」

「う、うんっ……ごめんなさぁいっ」

「別に、倫くんが謝る必要も泣く理由もないわよ？　それじゃ、食べ終わったらまた呼んでね」

英梨々の母は、そんな風にしゅんと俯《うつむ》いた我が子とそのボーイフレンドを、いつもながらのニヤニヤした表情でしばらく堪能《たんのう》すると、二人の（今日については）最後の逢瀬《おうせ》を邪《じゃ》魔《ま》しないよう、さっさと部屋を出ていった。

「っ、ひっく、ぅぅ……」

「なかないでよ、ともくん」

「で、でもさぁ……っ」

という訳で、部屋に残ったのは、さっきまでと同様に二人きり。

見事に風邪《かぜ》をぶり返した英梨々と、そんな英梨々の給仕をすると一歩も引かず、なんとかあと一時間限定でこの場に留《とど》まることを許された倫也は、どっちが病気なのかわからないくらいに対照的な態度で、目の前で湯気を上げる土鍋《どなべ》を見つめていた。

「ごはん、少しちょうだい？」

「う、うん……」

やがて英梨々が、熱っぽい体を少し起こし、軽く口を開くと……

お姫様《ひめさま》の意を受けた倫也は慌《あわ》てて土鍋から雑炊をすくい、彼女の口へと運ぶ。

「あつっ……」

「ごめんっ！」

けれど、やっぱり『ふうふう』していない雑炊は、子供の口には熱すぎて……

倫也は、『ふうふう』すべきかせざるべきかをしばらく懊悩《おうのう》し、結果として時間経過により冷めた雑炊は、今度は英梨々の口にしっかり収まった。

「ごめんね、ともくん」

「ごめんな、えりり」

二人にとって、互《たが》いのその謝罪は、互いにとって必要なものではなかった。

だって、英梨々が熱を出すのはいつものことで、倫也が過剰《かじょう》に心配するのもいつものことで、それでも二人が一緒《いっしょ》にいると調子に乗ってはしゃいでしまうのもいつものことで、そして結果、英梨々の病状が悪化するのもいつものことで。

だから二人のどちらに責任もないし、二人とも相手のせいだと思っていない。

ただ、二人とも、自分だけのせいだと思い込んでしまっているだけで。

「あしたは治すから……今度こそ、お外で遊ぼうね？」

「うん……そうだな」

二人にとって、互いのその約束は、互いにとって意味のあるものではなかった。

だって、お正月、ひな祭り、七五三、運動会、遠足と、今までの経験上、それは叶《かな》うものではなかったから。

英梨々は必ず、そういった記念日になると計ったように体調を崩《くず》し、その約束を反故《ほご》にして。

けれど倫也は、そんな状況《じょうきょう》に陥《おちい》った英梨々の側にずっといて、話をして、アニメを見て、ゲームをプレイして。

そうして二人は、心の底からその二人きりの時間を楽しんでいたのだから。

「でも、もし、あしたもあさってもダメだったら……また来ようね？」

「うん」

「来年も、再来年も、ずっと、ずっと……」

「ぜったいな！」

そして二人にとって、互いのその約束は……

やっぱり、互いにとって意味のあるものではなかった。

「来年は、もっと雪、見たいな」

「スキー行こうか？　スキー場すぐ近くにあるし」

「うん……ともくんが、行きたいなら」

「……実はあんまり。寒いし」

「あはは……あたしも」

「お庭で雪だるま作るくらいでいいよ。あとは今日みたいにゲームして……」

「またリトラプ……してもいい？」

「できればセルビス以外を攻略してくれると……」

「う、う～ん、がんばる」

「んじゃ、とりあえず、食べよう？　えりり」

「うん……」

「はい、あ～ん」

「……あつっ」

「ごめんっ！」

だって、英梨々の行事に倫也がお呼ばれするのはいつものことで。

二人が、大切な日を二人で過ごすのは、いつものことで。

その前提は、覆《くつがえ》るはずがないのだから……

※　※　※

「倫也君？」

「…………」

「倫也君ってば」

「っ、ん？　んぅ？」

倫也が目覚めると、耳に規則的なノイズと、全身に心地《ここち》よい振動《しんどう》が蘇《よみがえ》ってくる。

ぼやけた視界には、高速で横切っていく街灯の明かりが、徐々《じょじょ》にその輪郭《りんかく》をはっきりと形作っていく。

「高速下りたよ？　もうすぐだ」

「伊織《いおり》……」

そこは、車の中だった。

後部座席で目を覚ました倫也に、助手席から身を乗り出して伊織が話しかけてくる。

運転席では、今日初めて会った、江中《えなか》という伊織の税理士が、無言のままハンドルを操《あやつ》っている。

「この先のスーパーで買い出しして、そこから別荘《べっそう》に向かうけど、それでいいよね？」

「え？　ああ、うん……」

「なんなら、買い出しは僕らでやっておこうか？　倫也君、疲《つか》れてるみたいだし……」

「い、いや、俺も行くよ。さすがにそれは悪いって」

伊織のその、今日一日ずっと続いている彼らしくない親切すぎる物言いに慌てて対応していくうちに、倫也の脳に、徐々に現実が染み入ってくる。

そう、今は、不穏《ふおん》な言葉を残して連絡《れんらく》がつかなくなってしまった英梨々を迎《むか》えに、那須高原の、彼女の別荘に向かっている最中で。

彼女の心配だけでなく、マスターアップやら冬コミやら、考えなければならないことが山ほどあって。

『でも、もし、あしたもあさってもダメだったら……また来ようね？』

「九年もかかっちゃった……か」

「何がだい？」

「いや……それは……何だっけ？」

あの約束は、本当に交わしたものなのか。

それとも、あの後、英梨々と決別してしまった倫也の後ろめたさから生まれた都合のいい妄想《もうそう》だったのか。

それはもう、現実に適応するのと引き換《か》えに、夢の内容を忘れてしまった倫也には、判定のしようがなかった。

さっさと帰らなかった彼女

「………………あ～」

彼女が目を覚ますと、その視線の先には見知らぬ……いや、結構見慣れた天井《てんじょう》が広がっていた。

その場所がどこであるかを確認するために横を向くと、自分と年の近い男の子が、床《ゆか》に敷《し》いた布団の上で、規則的な寝息《ねいき》を立てている。

さらに少しだけ視線を動かすと、彼の枕元《まくらもと》に置かれた時計は、午前八時三〇分を少し回ったところで。

「はぁぁぁぁ～」

そこまでしっかり、今の自分の状況を確認したところで、彼女……加藤恵《かとうめぐみ》は、おもむろに体の向きを変え、ベッドにうつ伏《ぶ》せになると、後悔《こうかい》と羞恥《しゅうち》の混じった、ローテンションなため息をついた。

昨日、学校から直接ここ……今、すぐ側に寝ている男の子であるところの、安芸倫也《あきともや》の家に転がり込み、夕食を作り、一緒に食べ、ゲームをして、ついでに説教して、さらにお風呂《ふろ》に入ってまで説教して、ベッドに潜《もぐ》ってまで愚痴《ぐち》を言い続けた記憶《きおく》が、はっきりと脳《のう》裏《り》に浮《う》かんできてしまったから。

そして恵は、それから一〇秒ほど、その、二か月ぶりの逢瀬《おうせ》……じゃなくて打ち合わせにしては、やらかしだらけの態度や口調や行動を、謝ろうか言い訳しようかそれとも逆ギレしようかと、布団の中で懊悩《おうのう》し……

「……顔洗ってこよ」

とりあえず、その結論を先送りした。

倫也を起こさないよう気を使いつつ静かにベッドを抜《ぬ》け出し、昨日買っておいたトラベルセットを手に階段を降り、洗面所で歯を磨《みが》き、顔を洗い……

ついでにヤカンでお湯を沸《わ》かし、二人分のコーヒーを淹《い》れ、二階に戻《もど》ろうとして『そういえばこれって夜明けのコーヒーというものでは』などと余計なことに思い当たってしまい少しばかり逡巡《しゅんじゅん》したが、結局『ま、いっか』と、少し冷めたコーヒーを二階に運び、倫也を起こした。

なお、もちろん倫也は、そのコーヒーの意味深な由来なんかにはまるで思い当たることはなく、ありがたく目覚ましに活用していた。

「安芸くん、ちょっとそこどいて。お布団片づけるから」

「いいよ、後で俺がやっとくから」

その後恵は、窓を開け、自分が使っていた（倫也の）掛布団を干すと、いまだに布団の上に座り、カップを両手で抱《かか》えてのんびりしている倫也を追い立てる。

その様子はまるで、朝気持ちよくまどろんでいるのに空気を読まずに部屋に押し入り追い立てるように布団を片付け宿泊客《しゆくはく》を途方《とほう》に暮れさせる融通《ゆうずう》の利《き》かない旅館の仲居のようで……

「でも、泊《と》めてもらった上に、迷惑《めいわく》掛ける訳にはいかないよ」

「いや、今すぐ布団片づけられる方がよっぽど……」

「それはしょうがないよ。わたし、そろそろ帰らないといけないし」

「って、まだ九時前じゃん……」

「でも、昨日の朝からまる一日家に帰ってないし、さすがに、ね」

「それも……そっか」

倫也としては、恵のその、昨夜の妙《みょう》なテンションとは打って変わった、結構いつも通りのフラットな対応に一抹《いちまつ》の寂《さび》しさを感じないでもなかったけれど。

それでも本人から『明日になったら、今のわたし、忘れてね……？』などと釘《くぎ》を刺《さ》されてしまっている以上、それを蒸し返す訳にもいかず、渋々頷《しぶしぶうなず》くしかなかった。

「じゃ、昨日は色々ありがとな加藤。また月曜……」

「だから早く朝ごはん食べないと。安芸くんもさっさと顔洗ってきて」

「いや、俺は……このまま寝てようかと」

「朝ごはん抜きって……それ、血糖値上がっちゃうよ？」

「……心配してくれるのはありがたいけど、そんなおっさんくさい理由はなんか嫌《いや》」

でもまぁ、その寂しい塩対応はともかくとして……

それよりもっと寂しさを感じるかもしれない別れの時までには、まだ少し猶予《ゆうよ》がありそうな感じだった。

※　※　※

「はい安芸くん、ご飯、このくらいでいい？」

「いちいち作らなくても、昨夜のカレーの残りでよかったのに」

「でも朝からカレーって胸焼けしない？」

「……なぁ、加藤って、俺の内臓年齢《ねんれい》いくつくらいだと思ってんの？」

「ま、カレーは夜に取っておけばいいよ。ご両親、今日も帰ってこないんでしょ？」

午前九時ちょっと過ぎ。

リビングのテーブル上には、ご飯に味噌汁《みそしる》、卵焼きとウインナーとサラダという、実に標準的なメニューが並び、実に日常的な日本の朝食の光景が広がっていた。

……食卓《しょくたく》を囲んでいる二人が、お泊まり明けの高校生の男女という点を除けば。

「加藤ってさ、普段《ふだん》から料理やってんの？」

「休みの日のお昼くらいかなぁ……それも、たまたま家にいた時に、自分の分を作るくらいだよ」

「……そこでもうちょい『実は、いつかあなたのために作ってあげたくて、ずっと練習してたの……』みたいな言い方ができれば、もっとメインヒロインに近づくんだけどな」

「そもそも料理の腕《うで》なんて、一緒《いっしょ》に暮らしていくには大事かもしれないけど、高校生がつきあったりするために必要なスキルじゃないと思うんだけどどうかな？」

「古風なんだよギャルゲーユーザーは！　そこんとこわかれよ！」

「その人たちも、そんな偏《かたよ》った理想にこだわったりせずに、もっと現実的な落としどころを探した方がいいと思うけどなぁ」

「いいか加藤、お前はメインヒロインになるんだ。いわば、ギャルゲーユーザーが憧《あこが》れる、完璧《かんぺき》な人間を目指さなくちゃならないんだよ……」

「だったらせめて主人公の方も、そんなメインヒロインに釣《つ》り合う完璧な人間を用意して欲しいなぁ。毎日幼なじみに起こされるまでずっと寝てるような生活習慣とか、お嬢様《じょうさま》を牛丼屋《ぎゅうどん》に誘《さそ》うような空気の読めなさとか、そういうのが逆にいいなんて考え方はちょっと違《ちが》うんじゃないかなぁって思うんだよね」

「やめてやめてやめて！　二次元主人公にまでそんな高い意識を求められたら、俺たちはこれから現実に何を期待して生きていけばいいんだよ！」

「あ〜、これはあくまでゲームの話であって、リアルの男の子にそこまで求めてる訳じゃないから。ほら、こっちとしても、ちゃんと現実的な落としどころはわきまえてるし」

「もういいから！　そういう意見いらないからさっさと食べちゃってよぉぉぉ〜！」

とはいえ、そのお泊まり明けの高校生男女の距離《きょり》感はやっぱり、昨夜の、あの、妙に近くて感情的なものとはかけ離《はな》れたものになっていた。

……まぁ、それこそが彼女の狙《ねら》い通りというか、昨夜、溢《あふ》れ出させてしまった感情を元に戻すためのリハビリに他ならなかった訳だけど。

※　※　※

午前一〇時ちょっと前。

朝食を済ませ、ついでに洗い物も済ませ。

そんなこんなで、色々な用事を片付けた恵は二階に上がると、『ちょっと着替《きが》えさせてね』と、倫也の部屋をしばらく占有《せんゆう》し。

そして、居間のリビングでテレビをつけて時間を潰《つぶ》していた倫也の前に再び現れた時には、ここに来た時と同じ制服姿に戻っていた。

「それじゃ、安芸くん」

「そっか、うん……じゃあ、また月曜……」

「安芸くんの着てるのも洗うから、さっさと脱《ぬ》いで渡《わた》してくれないかな？」

「……は？」

確かに制服姿に戻ってはいた。いたけれど……

でも、その手に持っているのは鞄《かばん》ではなく、何故《なぜ》か洗濯《せんたく》カゴだった。

「ほら、わたしが借りたジャージ、今から洗濯するんだけど、これだけじゃもったいないから」

「いや、だからそこまで気を使わなくてもね？」

「あ、別に自分がしたいだけだから安心して？　だって、ほら、わたしが着た服を安芸くんが洗うのってなんか嫌じゃない？」

「洗わないよ親に頼《たの》むよ⁉」

「それも微妙《びみょう》なんだよね。ほら、何度もお世話になってるし、こういうことでご両親に迷《めい》惑《わく》かけたくないっていうか」

「他の洗濯物のついでだから！　迷惑かけないから！」

「だったら、今、他の洗濯物をついでに洗うのと何も変わらないよね？」

「変わるでしょぉ色々⁉」

「あ～、いちいちこんなことで言い合いしてたら帰る時間遅《おそ》くなっちゃうし、さっさと渡して、ほら」

「い、いや……だからね？　まだ寝間着《ねまき》のままダラダラ過ごしたいという俺の休日の楽しみがね？」

その時、倫也は『だったら洗濯なんかせずにさっさと帰りゃいいじゃん』と、言ってもいいはずだった。

「もう一〇時だよ？　いくらなんでもそろそろ切り替《か》えようよ安芸くん」

「お前生活態度しっかりしてんなぁ……」

けれど結局、そういう『それ言っちゃおしまいでしょ』的な言葉を避《さ》け、抵抗《ていこう》のポーズを見せつつも、着替えるために渋々《しぶしぶ》と二階に上がっていく。

そうしてまた、いわゆる〝二人の朝〟は、もうしばらく続くことになる。

※　※　※

そして、午前一〇時半ちょっと過ぎ。

「あ、安芸くん、悪いけど、またちょっと部屋出てってくれるかな？」

「いいよ掃除《そうじ》なんか⁉」

そうして、洗濯を始めた恵の邪魔《じゃま》をしないよう、自分の部屋で大人しくゲーム機を立ち上げた倫也のもとに、今度は掃除機を手にした恵が現れた。

「でも、リビングもキッチンも終わったし、ご両親の部屋に入るのはさすがに失礼だし、後はこの部屋しか残ってないんだよ」

「残しといていいから！　マジ親なんかに気を使わないでいいから、じゃなくて少しは俺に気を使ってよ!?」

「でも、ご両親に無断で泊まっちゃったっていうのがなんか微妙で……」

「いいよ後で言っとくから！」

「それもなんか勘繰《かんぐ》られそうで嫌だし。だから、とりあえず、わたしがいた痕跡《こんせき》だけでも消しておこうかなって」

「家じゅうピカピカになってる方がよっぽど痕跡残してるから！　もういいから俺と一緒にゲームでもやっててよ！」

と、倫也は、プレイしていたプ●ステのスイッチをぶち切ると、棚《たな》から急いで『マリ●カー●』を取り出した。


「…………」

「…………」


で、午前一一時ちょっと前。

倫也の目論見《もくろみ》通り……なのかどうかは微妙だが、とにかく、恵はようやく怒濤《どとう》の家事攻《こう》勢《せい》から一息つき、倫也の隣《となり》でコントローラーを握《にぎ》り、素人《しろうと》っぽく体を左右に揺《ゆ》らしてコーナーを曲がっていた。

「でも、ちょっと意外だな」

「何がだよ？」

「安芸くんって任●堂のゲームもやるんだね。てっきりソ●ー信者かと思ってた」

「そういう談義《ゲハ》は色々と荒《あ》れるからやめような」

「それに、ギャルゲー一辺倒《いっぺんとう》かと思ってたけど、ちゃんとこういうゲームも持ってたんだね」

「そりゃ、ギャルゲーが一番好きなだけで、他のジャンルが嫌《きら》いな訳じゃないからな。特にこういう接待ゲームはだいたい押さえてるぞ」

「できればわたしも最初からこういうゲームで接待して欲しかったよ……」

「…………」

「…………」

そして、午前一一時半過ぎ。

「……なぁ、加藤」

「なに安芸くん？」

「お前、結構上達早いな」

「別に、普通《ふつう》だと思うけどなぁ」

「いや上手《うま》いって。いつの間にかミスしなくなったし、無茶しないし、冷静に戦況《せんきょう》を見極《みきわ》めるし」

「そう？」

倫也が指摘《してき》する通り、プレイ回数も一〇回を超《こ》えた頃《ころ》には、恵と倫也の勝ち負け数は、ほぼ互角《ごかく》の様相を呈《てい》してきた。

「あと、妨害《ぼうがい》アイテムの使い方が絶妙」

「え～、そんなことないと思うけどなぁ」

ただ、最初の頃は倫也が五連勝ほどしていたので、ここ数回の戦績は……

「そんなことあるって。つかず離れず、俺のちょい後ろについて、最後の最後でぶち抜《ぬ》いてくるし」

「普通に走ってるだけのつもりだけどなぁ」

「いやいや、要するに人を陥《おとし》れるのが得意なんだな」

「…………」

「さすが加藤、フラットと見せかけて、実は黒キャ……ああっ!?」

……その言葉を言い終わる前に、ゴール前では、倫也のマシンが壮絶《そうぜつ》にスピンしていた。

「もう一回！　もう一回！」

「え〜、まだやるの？」

それからさらに時は過ぎ、二人の対戦回数は、優に三〇回を超えていた。

「ああ、だって、ここでやめたら、俺は負けを認めたことになってしまう！」

「えっと、まだ認めないんだ……」

なお戦績は、倫也の五勝と……

「一回勝ったらやめるから……あ、でも手加減なんかしたら許さないからな？　わざと負けたらノーカウント！　真剣《しんけん》勝負で！」

「うん、やっぱり安芸くんは人にギャルゲーやらせて偉《えら》そうに解説してる方が、まだ無害だということがわかったよ……」

「結構酷《ひど》いことを言われているのは自覚している……だが！　それでもっ！　男には負けるとわかっていても戦わなければならない時があるんだ！」

「今はその時じゃないから。間違いなく」

「それでも……お願いだ加藤、俺と、もう一度だけ、勝負してくれ！」

「あ、安芸くん？」

「俺が、男であるために……一緒《いっしょ》に、プレイしてくれ！」

そんな倫也の、その、あまりに理不尽《りふじん》で、身勝手で、しかも情けない懇願《こんがん》に、恵は……

「でも、もうお昼過ぎたし、そろそろ……」

「……ぁ」

部屋の隅《すみ》の時計を指差すことで応《こた》えた。

その文字盤《ばん》は、いつの間にか〇時を越え、ＡＭはＰＭへと変わっていて……

「そっか、そうだよな……」

もはや『そろそろ帰らないと』の、最後のリミットをも微妙に越えていて。

だから、恵は……

「そろそろ、休憩《きゅうけい》してお昼ごはん食べない？　きっとお腹すいて集中力が落ちてるんだよ安芸くん」

「……え？」

いや、けれど、恵は……

その件に関しては、わざとなのか無意識なのか、まるっきり触《ふ》れることはなかった。

※　※　※

「なんだと？　加藤、お前まさか……一日目のカレー派なのか？」

「だってカレーって、時間が経《た》つとスパイスの風味飛んじゃうし」

そして時は、もう、完全に午後に入っていて。

「わかってない！　それ全然わかってないぞ加藤！」

「まぁ安芸くんの主張もわからないでもないけど、正直趣味《しゅみ》の問題だよねそれって」

けれどやっぱり、恵の『そろそろ』は未だ訪れていないようで、二人は、昨日から数えて三度目となる、二人飯の時間を過ごしていた。

「いいか？　一日目のカレーが、どれだけレシピに正確でも、どれだけ本場の味を忠実に再現していたとしても、まる一日置いたことにより、スパイスの風味と野菜の原形を引き換《か》えにコクを手に入れた二日目のカレーの方が、旨味《うまみ》という第五の味覚を開拓《かいたく》した日本人の口に合うというのは純然たる事実なんだよ！」

「あ〜はいはい、楽しみだね今夜のカレー」

なお、カレー談義でここまで熱くなっておきながらなんだけど、今、二人が食べているのは、昨日の残りのカレー……ではなく、恵が冷蔵庫の有り合わせで作ったナポリタンだった。


「…………」

「…………」


そしてとうとう、午後三時も過ぎてしまって……

「よく目に焼きつけておけ加藤……まさにこれこそが、『駄目《だめ》なラブコメアニメ』のベストサンプルだ！」

「え～と、そんな駄目なアニメを一話からずっと見させられてきてたの？　わたし」

倫也の『食後にすぐ（指の）運動をするのは消化に良くない』という理屈《りくつ》により始まったアニメ鑑賞《かんしょう》会は、すでに五話目に突入《とつにゅう》し、主要キャラが完全に出揃《でそろ》っていた。

「ああ駄目だとも！　心の底から駄目だなこの作品は。一度叱《しか》られただけであっという間に惚《ほ》れるお嬢様《じょうさま》ヒロイン。何のしがらみもなく子供の頃から仲良しの幼なじみヒロイン。単なるお色気要員でしかない先輩《せんぱい》ヒロイン……まるで工夫がなく、テンプレをなぞるだけの記号的ヒロインそのものじゃないか！」

「いや、具体的にどこが駄目なのかを聞いてる訳じゃなくて……」

「本当、これならまだ、『登場キャラの言動が狂気《きょうき》じみてて、監督《かんとく》や脚本家《きゃくほんか》が何考えてるかさっぱりわからないアニメ』の方が俺は評価できるね！　具体的なタイトルは言わないけどな！」

「だからそんな話じゃなくて……駄目だと思ってる作品をずっと見続けるのって、時間の無駄《むだ》なんじゃないかなぁ？　それならさっさと見るのやめて、もっと有意義に時間を使った方が……」

「いいや加藤……お前は肝心《かんじん》なことを見落としている」

「そうなの？」

「ああ、駄目アニメを見る時間は、決して無駄なんかじゃない……例えば、こうして不満を抱《かか》えることで、『自分はこういう失敗はしないぞ』と、クリエイターの心に反面教師として刻まれることになる」

「いいアニメ見て吸収する方がよっぽど効果的だと思うけどなぁ……」

「それに！　もしかしたら、この後の意外な展開で、一気に予想外の名作に大化けする可能性だってあるじゃないか。その時、その作品の真のファンを名乗れるのは、最初から諦《あきら》めずに視聴《しちょう》し続けてきた選ばれた人間だけだ！」

「大化けって……あ～、唐突《とうとつ》にヒロインがころっと死んじゃうとか？」

「……加藤、ちょっとそこに座りなさい」

そして、中休みのサービス回である六話に突入しても、倫也の説教……じゃなくて実況《じっきょう》はとどまるところを知らず……


「終わったね……」

「ああ……」

「結局、最後まで、全然、全く、これっぽっちも化けなかったね……」

「ネタにもならない純粋《じゅんすい》なつまらなさだったよなぁ……まぁ俺はこれ見るの二周目なんで知ってたけど」

「……ごめん、心の底から『なんだかなぁ』って言っていい？」

そして、ワンクール最後まで走りきった頃には、陽は傾《かたむ》き、部屋の中は、薄暗《うすぐら》い夕陽《ゆうひ》に完全に覆《おお》われていた。

いや、そう見えたのは『休日の午後なのにあまりにも無駄な時間を過ごしてしまった』という、二人の淀《よど》んだ心情も少しは混ざっていたかもしれなかったけれど。

※※※

そして時は、午後六時……

夕暮れが、そろそろ夕闇に変わる頃、『ごめん、さすがにマズい』と、ようやく恵が、重い腰《こし》を上げて玄関《げんかん》まで辿《たど》り着く。

ちなみに、ここに至るまでには、クソアニメの虚脱《きょだつ》感からか、それとも別の理由からか、部屋が闇に支配されていく時間を、灯《あか》りもつけずに、なんとなくダラダラと過ごしてしまった一時間という無駄が加味されていたりしたけれど。

「また、月曜ね」

「来週からはシカトすんなよ？」

「あ～、なんかそんなこともあったね……すっごく遠い昔みたいに感じるけど」

「お前な……」

本当に、遠い昔みたいだった。

「それじゃ、ね」

「ああ……」

二人がこの二か月間、ほとんど言葉を交わさず、本音《ほんね》を伝え合わず、このまま一言も喋《しゃべ》らずに卒業してしまうのではないかという雰囲気《ふんいき》を、恵はもう、思い出せない。

……なぜなら、二度と、思い出したくなかったから。

「じゃあ、安芸くん……カレー、あったためて食べてね？」

なんとなく、玄関のドアを開ける手が重い。

外の寒さが、暗さが、自分を押し戻《もど》そうとする。

それでも恵は、最後の力を振《ふ》り絞《しぼ》り、まる一日以上過ごした、自分がいるべき場所と錯《さっ》覚《かく》しそうなこの家から、足を踏《ふ》み出して……

「なぁ、加藤……」

「ん～？」

「二日目のカレー……食べていかないのか？」

「あ～……」

そして、倫也のその言葉に、微妙《びみょう》に目を泳がしつつ、それでも足をぴたりと止める。

「煮込《にこ》んで、コクが出て、絶対、昨日より美味《うま》くなってるって、思うんだけどなぁ……」

そして、倫也のその言葉に、微妙に心を揺《ゆ》らしつつ、それでもくるりと反転する。

「わたしはやっぱり、一日目のカレーの方が、美味《おい》しいと思うんだけどなぁ」

「なら……一緒に確かめてみないか？」

「……まぁ、安芸くんの間違った味覚を正す必要はあるかもね」

そして……履《は》くまでに三分くらいかけた靴《くつ》を、秒も経《た》たないうちに脱《ぬ》ぎ捨てた。

「よ～し任せとけ！　俺が丹精《たんせい》込めて煮込んだ二日目のカレー、おあがりよ！」

「わたしが作ったカレーをあったため直すだけでそこまで偉そうにされてもなぁ」

加藤《かとう》家の週末

「ただいま～」
「おかえり～」
「……え？」

自分で帰宅の挨拶《あいさつ》をしておきながら、返事がきたことに怪訝《けげん》な声を上げたのは、今の時刻が土曜の夜一一時過ぎと、随分遅《ずいぶんおそ》い時間だったから。

普段《ふだん》なら、この時間帯にはもうリビングに家族がいないことをよく知っていた加藤恵《めぐみ》は、その言葉を特定の誰《だれ》かに向けたのではなく、ただ、『結構早めに帰ってきたよ～』というアリバイのために発したつもりだった。

なのにその日——二月下旬《げじゅん》の土曜日、二か月ぶりにクラスメイトにしてサークル仲間にしてそれ以外にもなんかありそうななさそうな友達こと安芸倫也《あきともや》と二か月ぶりに仲直りし、ついでに二四時間以上も彼の家で二人きりで何もせずに過ごして（色々な意味で）きたため、自分が今、家族相手に普段通りに振《ふ》る舞《ま》えるか微妙《びみょう》によくわからないその日——に限って、リビングの奥の方から、聞き慣れた、けれど結構久しぶりな声音《こわね》が届いたことで、恵は、全身を硬直《こうちょく》させ、ゆっくりと廊下《ろうか》を奥へと進み、そして……

「……宏美《ひろみ》お姉ちゃん？」

「遅かったね～、恵」

リビングのソファーで、まるで我が家のようにくつろぐ〝その人〟に遭遇《そうぐう》した。

「……えっと、急にどうしたの？　お正月に帰ってきたばかりだよね？」

「あ～、なにその迷惑《めいわく》そうな反応？　せっかく姉妹水入らずで過ごそうと思ってわざわざ帰省してきたってのに～」

そう、彼女は恵の六歳年上の姉、加藤宏美。

「な～んてね。旦那《だんな》が今朝から中国出張に行っちゃってさぁ、暇《ひま》だから帰ってきたんだよね～」

……というのは旧姓《きゅうせい》で、昨年六月に結婚《けっこん》し、実家を出て行ったはずの姉、吉永《よしなが》宏美だった。

「へぇぇぇぇ～、そうなんだ。それでお義兄《にい》さんいつ帰ってくるの？　今夜？」

「日帰り出張なら、わざわざ浜松《はままつ》からこっち来たりしないって」

「そっか、それは寂《さび》しいね。せっかくだからついて行けばよかったのに。なんなら今からでも」

「……なんなのそのあからさまに嫌《いや》そうな反応？　もしかして来て欲しくなかった訳？」

「まさかだよそんなことあるわけないよ～」

そんな、一月《ひとつき》半ぶりくらいになる感激の再会に、しかし恵は得意の社交辞令《塩対応》を駆使《くし》しつつ、微妙に姉との距離《きょり》を置こうとする。

何故《なぜ》なら、彼女は、〝今日の〟恵にとっては、ある意味、両親よりもよほど厄介《やっかい》な〝身内〟だったから。

「まぁいいや。そうだ、久しぶりにご飯作ろっか？　お腹すいてるでしょ恵？」

「あ～、食べてきたから」

「へ～、そうなんだ？　何食べたの？」

「カレー、だけど」

「どこで？」

「……それお姉ちゃんにどうしても言わなくちゃならない情報かな？」

「……絶対に言わないって意地を張るほどの情報でもなくないかな？」

「…………」

そう、彼女には、恵が今まで加藤家の中で培《つちか》ってきた信用が、微妙に足りていない。

「あとさ恵、なんで制服着てるの？　今日、土曜だよ？」

「だからそれは……お母さんには全部話してるんだけどなぁ」

「そっかそっか、お母さんには、自分がいつどこで誰と一緒《いっしょ》に何をしてたか全部報告してあるんだね？　わかった、それなら明日の朝お母さんに確かめるからい～よ」

「……昨日から、友達の家で、サークル活動の相談してたんだよ。制服なのは、学校帰りに直接行っちゃったから……」

まぁ、必要以上に頻繁《ひんぱん》に連絡《れんらく》を入れ、自分の所在と安全を常にアピールすることで、『恵はどこに出かけていても大丈夫《だいじょうぶ》』と洗脳……いや信じさせた両親と比べれば、それは当然のことではあったけれど。

「泊《と》まったんだ？　じゃあ、着替《きが》えは？」

「……友達に借りたよ」

「な～んだ、友達って女の子だったんだ。つまんない～」

「当たり前だよ。妹のことなんだと思ってるのかなぁ、お姉ちゃん」

「そのコ、なんて名前なの？」

「英梨々《えりり》ってコ。サークルではイラスト担当で」

「で、下着もその英梨々ってコに借りたの？」

「さすがにそれは家に行く途中《とちゅう》で買ったよ」

「ふぅぅぅぅ～ん」

「……その言い方やめてくれないかなぁ。なんだか疑われてるみたいで嫌なんだけど」

けれどそれ以上に、恵が姉を微妙に恐《おそ》れる理由は、彼女が恵の呆《あき》れた反面教師にして、偉《い》大《だい》なる先人でもあったからであり。

「あぁ、その『みたい』っての、いらないわ～」

「……っ」

何しろ、この家で一緒に暮らしていた頃《ころ》に、『友達の家で受験勉強』だの、『友達の家で卒論』だの、『友達の家で女子会』だのと適当な理由ぶっこいて頻繁に夜遊びや外《がい》泊《はく》を繰《く》り返した時に実はずっと一緒だった相手の正体を恵だけは知っていたから。

……まぁ、それが今の義兄なのだが。

「う～ん、まだまだだよね恵も。嘘《うそ》、つき慣れてない感がありあり」

「あ～はいはい。よかったね妹が正直者で」

「ま、しょうがないか。『多くの真実に、ほんの少し嘘を紛《まぎ》れ込ませればバレにくい』ってあんたに教えてあげたのは、他ならぬ……」

「お姉ちゃんの場合、『ほとんどが嘘の中で一つだけ本当』だったけどね」

「〝カレー〟も〝友達の家〟も〝サークル活動の相談〟も〝着替えは借りた〟も〝下着は

買った〞も、まぁ本当かな？　疑わしいのは〝英梨々ってコ〞ってやつ？」
「…………」
その時、恵は、自分が巧妙《こうみょう》な誘導尋問《ゆうどうじんもん》の網《あみ》に既《すで》に絡《から》めとられていたことを思い知ること
となった。
姉の、わざとらしいまでのしつこい追及《ついきゅう》は、すべてこの『つく必要のない嘘』をつかせ
るためだったということを……

※　※　※

「だから～、本当は彼氏のウチに泊まったんでしょあんた？」
リビングから逃《に》げ……いや部屋に戻るために階段をどたどた上がる恵の後ろから、なお
も追撃《ついげき》の声が迫《せま》りくる。
「彼氏って何？　いつ、どこで、どんな理由で、どうやって作ったって言うのかな？　そ
もそも誰？」
「名前は知らないけど、ほら、あん時のコでしょ？」
「あの時ってどの時？　何時何分何曜日？」

「確か去年の五月入ってすぐ《第一期#3参照》。あんた彼氏に会うために北海道旅行、途中で帰っちゃったじゃん」

「……別に言葉のアヤなんだしそこまで特定しなくてもいいと思うんだけどなぁ」

「あたしが結婚するから、最後の全員揃《そろ》っての家族旅行だったのに……あんたが帰っちゃってからの、お父さんの落ち込みぷりっていったら」

「その件についてはお父さんには何度も何度も謝って……って、ちょっと着替えるんだから入ってこないでよ」

「姉妹で今さらな〜に恥《は》ずかしがってんのよ」

さらに部屋から締《し》め出そう……いや着替えるため扉《とびら》を閉めようとした恵に構わず、姉は部屋にまで入り込み、ベッドの上にどかっと座る。

「そうそう、圭ちゃんからも聞いたこと《第一期#4参照》あるわ。一緒にモール行く約束してたのに、ファミレスで彼氏に会ったら即行《そっこう》乗り換《か》えられたって」

「…………圭一《けいいち》くんちょっと口軽すぎなんじゃないかなぁ」

「それってどう考えても旅行の時の相手と同一人物だよねぇ？　圭ちゃんの話だと、なんかテンション高くて面白《おもしろ》そうなコだったたって……」

「あ〜もう、うるさいよお姉ちゃん黙《だま》っててくれないかなぁ」

制服を脱ぎ捨てつつ、遠慮《えんりょ》も遠慮なく脱ぎ捨てて、恵が姉に心底迷惑そうな言葉を返す。

しかしその妹の、明らかに『効いてる効いてる』な反応は、もちろんのこと姉の嗜虐《しぎゃく》心……いや探究心を刺激《しげき》するには十分過ぎて。

「彼氏のために家族旅行帰っちゃうわ、イトコとの約束ドタキャンするわ……な～んか男ができた途端《とたん》、悪いコになっちゃったねぇ、恵」

「だからね？　それぱっかりは壮絶《そうぜつ》な誤解だから、誠心誠意解いておかなくちゃいけないから説明するけどね？」

で、妹は、その大人《おとな》げない挑発《ちょうはつ》をフラットにスルーしきれるほど、姉に対して大人でもいられずに、部屋着を着るのも忘れて反撃《はんげき》に出る。

「あの時、わたしが帰ったのもドタキャンしたのも、彼氏のためとかそういうのじゃなくて、サークルのためだからね？」

「あ～、そういえばあんた今、ゲームサークル入ってるんだって？　オタクの彼氏にそそのかされて」

「つまりね？　そもそも状況《じょうきょう》が全然違《ちが》うって話なんだよ」

『彼氏っていうの以外《オタクっていうのは》は本当だけど……』などと、また話の方向を戻《もど》してしまいそうになるのをぐっとこらえて、恵はさらに言い訳……主張を続ける。

「あの時、北海道から帰ったのは、サークルの立ち上げで大切な時期だったからだし、お買い物を友達と行くことにしたのは、ゲームのネタ探しのためだし」

「つまり、あの時帰ったのもドタキャンしたのも、彼と一緒にいたかったからじゃない、と？」

「そう。だから、そもそも彼氏って呼ばれるのも変な話で……」

「で、昨日泊まったのは、その男のコのところだったっていうのは認めるんだね？」

「…………言いたいことの本質はそこじゃないって何度言えばわかるのかな？」

けれど、どれだけ話の軌道《きどう》を自分の思う方向に誘導《ゆうどう》しようとしても……

一〇数年の時をともにしてきた姉妹には、彼女たちにしか発掘《はっくつ》できない、弱点にして、本質がある。

※　※　※

「だからね？　そこが誰《だれ》の家だとかそういうのは関係ないんだよ」

『あ～はいはい。そうだよね、彼氏の家だろうが同級生の家だろうが、男のコの部屋に制服のままで一泊《いっぱく》してきた事実は消えないもんね～』

で、今度は風呂場《ふろば》に逃げ……いや入浴のために浴室に入った恵と扉一枚隔《へだ》てて、脱衣場《だつい》から追い込みの声が響《ひび》き渡《わた》る。

「そこの家、単なるサークルの活動拠点《きよてん》だから。皆《みんな》で朝まで集団作業なんてザラだし。わたし以外の女のコだって何人も……」

『で、昨日は他のコたちは誰かいたの？　一人でも』

「…………」

『あのね恵、ネットの炎上《えんじょう》ってあるでしょ？　ああいうのも、最初に誤魔化《ごまか》そうとして適当なこと言うから大変なことになるんだよ？』

「別に大変なことじゃないし。そもそも大変なこと何もしてないし」

『だったら最初から「男のコの家に泊まったけど何もなかった」って堂々と言えば、あたしだって「ああそう」ってなって、こんなに根掘《ねほ》り葉掘り聞くこともなかったんだよ？』

「嘘絶対嘘絶対大喜びで迫ってきたに決まってる」

恵が、脱衣場からの不愉快《ふゆかい》な雑音を消そうと、ばちゃばちゃと湯を叩《たた》く。

『それでもね、恵？　去年までのあんただったら、まず正直に話して、その後あたしが色々聞いてもめんどくさそうに答えてくれたと思うんだよね～』

まぁでも、その程度で向こうが怯《ひる》んだり手加減したりしてくれないのは、一七年前から

知っている。

『だってさぁ、恵、確かに北海道の時は全然普通《ふつう》に喋《しゃべ》ってたもん……サークルの打ち合わせがあるってことも、そのサークルの代表が、男のコだってことも』

「それは、だって……そんなの、隠《かく》す必要なんか、全然なかったし」

『……つまりそれってさ、今は、隠す必要ができたってことじゃないの？』

「…………」

『昨夜のお泊まりは、今までのサークル合宿とは全然違ったから……だから、今まで全然なかった後ろめたさを、とうとう感じちゃったってことじゃないの？』

「っ……」

『で、それってさ、つまり、この一年で、普通の友達から、大事な男のコに昇格《しょうかく》……』

「いい加減ゆっくり温まりたいから、出ていってくれないかなぁ」

昨夜、ゆっくり温まることを拒絶《きょぜつ》して風呂場でエクストリーム説教していたことを棚《たな》に上げ、恵が湯に顔を浸《つ》けたままごぼごぼと愚痴《ぐち》る。

『誤魔化したね？　嘘が通用しないってわかったら、今度は話そらす方向に逃げだしたね？』

けれど、そんな中途半端《ちゅうとはんぱ》な逃げで、この、年齢《ねんれい》差以上に何枚も上手な年上女性をかわしきる自信は、恵にはなかった。

なお、彼女が潜在《せんざい》的に持つ年上女性《霞ヶ丘詩羽》に対する苦手意識は、この家庭環境《かんきょう》に原因があったからという説もあったりなかったり。

『いや〜、これはますます詳《くわ》しく聞かない訳にはいかなくなっちゃったなぁ。今夜は寝《ね》かせないよ恵？』

姉の舌鋒《ぜっぽう》と追及が、ますます調子に乗ってくる。

扉の向こうには、もはや疑惑《ぎわく》というより、完全に期待側にシフトした目が、こちらに向けてギラギラ……いやキラキラと輝《かがや》いていることだろう。

恵の経験上、こうなってしまった姉を黙らせるには、洗いざらい喋るか、泣いて誤魔化すかの二択《たく》しかない。

しかし前者は到底《とうてい》容認できる行為《こうい》ではないし、後者はもっと容認できるはずもない。

何より、昨日から数えて何度泣けば気が済むのかと……

「……お姉ちゃんに何がわかるっていうのかなぁ」

『だから、わかんないから聞きたがって……』

「わからないよね？　わたしが昨日、ううん、ここしばらく、どんな思いで過ごしてたか、わかってないんだよね？」

『……恵？』

と、迂闊《うかつ》にも昨日から自分の泣いた数を数えてしまった恵は……

「年末にさぁ、冬コミでさぁ……っ、

なんだか色々あって、色々言っちゃって、さぁ……っ、

勝手にキレちゃったみたいになっちゃって。

安芸くんは何も自覚ないし、だいたい厳密に言えば悪いことしてないし。

でも仕方ないよ。わたしが勝手に怒《おこ》れてきちゃったんだもん。

許せないって、思えちゃったんだもん」

ここ数か月、自分が抱《かか》えていた厄介《やっかい》なモノを、またしても蘇《よみがえ》らせてしまった。

「言っちゃって、すぐに後悔《こうかい》した……

けれど引っ込みがつかなくって。

一方的にあっちが悪いなんていうのもこっちの勝手だし、

でも謝るのも変だし、ならキレるなって言われても知らないし。
……だから、このまま、離《はな》れちゃうのかなって。
あの、楽しかった日はもう戻ってこないのかなって。
それは、悲しいなって。
すごく、悲しいなって……っ」

『え、え〜と、つまり、お正月に帰省した時、恵が妙《みょう》に暗かったのって……』

「二か月だよ？　二か月？
その間、ずっと話せなかったんだよ？
それも、自分でそうしちゃったんだよ⁉」

『あ、あの、そんなに引きずってたって、それ、ガチなやつじゃ……』

「だから、だからさぁ……
昨日は、特別な日、だったんだよ。

帰りたく、なかったんだよ。
そんなの当たり前のことだし、何かあるわけないし。
だって、何もなくても、十分なんだよ。
だらだら喋って、怒って、謝られて……
それだけで、最高の一日、だったんだよ……
怒れるのが嬉《うれ》しくて、だから謝られるとまた怒れてきちゃって、
どんどん怒っちゃって、どんどん嬉しくなっちゃって……っ」

『え？　え、え～？』

恵の経験上、今の調子に乗った姉を黙《だま》らせるには、洗いざらい喋るか、泣いて誤魔化すかの二択しかない。
けれど、本当は、もっと強力な手段があることを、子供の頃《ころ》から知っている。
それは、誤魔化すために泣くのではなく、ガチで泣くという最強手段……

「そういうの、全部知った上でからかってるのかな？

家族として、わたしの気持ちに、寄り添《そ》ってくれてるのか、なぁ……っ」

「あぁぁぁぁ～！　ごめん、ごめんね恵ぃぃぃ～！」

浴室の扉《とびら》を勢いよく開き、飛び込んできた姉の宏美が、湯船で泣きながらのぼせている恵を思いきり抱《だ》きしめる。

その時、恵が見た、姉の切羽《せっぱ》詰《つ》まった表情は……

なんだか、昨日の〝彼氏〟のそれに、そっくりだった。

※　※　※

「ごめんね、恵……」

「……何が？」

「辛《つら》い時、側にいてあげられなくて……」

曜日が日曜に変わって。

もう、逃《に》げる必要もなくなった恵が、自分の部屋の、自分のベッドに潜《もぐ》り込み灯《あか》りを消した後。

「誰にも……きょうだいにしか言えない悩《なや》み、聞いてあげられるところにいなくて、ごめんね？」

もう、逃げられる理由もなくなった姉が、恵の部屋に布団を持ち込み、真っ暗になった部屋の中で、さっきまでとは違《ちが》う優しさで、最愛の妹に囁《ささや》きかける。

「……それよりも、これ以上、このことでからかうの、やめて欲しいんだけどなぁ」

「あ～、それは無理。絶対無理。だって、こんなに美味《おい》しい話を聞いちゃったらね～」

「もう……」

「それから、良かったね、恵」

「何がぁ？」

「そんな相手に、とうとう巡《めぐ》り逢《あ》えちゃって、さ」

「……今までいい思いさせてもらったこと、ほとんどないんだけどね」

「その代わり、辛い想《おも》い、したんでしょ？　それってかなり重いよ？」

「ほんとに、もう……」

二日続けて、寝際《ねぎわ》に甘え声をこぼしながら……

恵は、『これが習慣になったら困るなぁ』などと思いつつも、そのあまりの心地《ここち》よさに全身を委《ゆだ》ねていく。

「そっかそっか、恵もとうとう、男のコにガチになったか～」

「なってないし」

「さっきまで散々《さんざん》、痴話《ちわ》喧嘩《げんか》とのろけの両方を聞かせておいてそういうこと言う？」

「友達として喧嘩して、友達として仲直りしただけだから」

「しかもそうやって、スルーじゃなくてしっかり否定するようになったか～」

「誤った情報を正しく修正してるだけ……もう寝ようよ」

「ふぅん、これかぁ、安芸倫也君……」

「人の言うこと、たまには聞こうよぅ」

宏美が、布団からごそごそと抜《ぬ》け出して、ローボードの上に飾《かざ》ってあったフォトフレームを手に取る。

そこには、高原らしき場所で仲睦《なかむつ》まじげに写っている五人の男女……というには男女比が偏《かたよ》っている、仲間たちの写真。

中でも、妹を含《ふく》めた四人の美少女たちの前で、照れくさそうに腰《こし》を下ろしている、たった一人の……

「……まぁ、磨《みが》けば光りそうな素材じゃない？」

「中身はもっとあれだよ？」

現在の加工状況《じょうきょう》にはあえて触《ふ》れずに玉虫色の評価を下した姉に、妹はさらに辛辣《しんらつ》な下方修正を施《ほどこ》す。

けれどその表情は、結構自慢《じまん》げで……

「ま、これから彼との間に何かあっても安心して。今日、めでたく事情を知り尽《つ》くした宏美お姉ちゃんが、なんでも相談に乗ってあげるよ？」

「これ以上、からかいの種を増やすのは得策じゃない気がするんだけどね」

「それじゃ親に相談する？　今日みたいに、今までのこと、全部一から説明し直して」

「それもめんどくさいね……お父さんもお母さんも、のんびりしてるし」

「よし、決まり！　また倫也君と喧嘩したらあたしに連絡《れんらく》しなさい。新幹線飛ばしてすぐ飛んでくるから！」

「そうやって喧嘩を待ち望むみたいな言い方もやめてくれないかなぁ……こっちは結構痛いんだよ？」

「あはは、ごめんごめん。じゃ、あんたからの泣き言がいつまでも届かないように祈《いの》りつつ、ずっと待ってるから」

「本当に万が一、もうないと思うけど、もしかしたら……お願い、ね？」

「うん、任せて……それじゃ、今度こそ、おやすみ、恵」

「ん……おやすみ、お姉ちゃん」

※　※　※

「……ちなみに言っておくけどね、恵」

「なぁに？」

「ウチの親、確かにのんびりしてるけど、カンは鈍《にぶ》くないんだよ？」

「何のこと？」

「ああ見えて、娘《むすめ》の動向ほとんど把握《はあく》してるから気をつけた方がいいってこと」

「まさかぁ」

「本当だって。あたしが初めて彼のこと紹介《しょうかい》した時、今までの嘘《うそ》全部バレてて超《ちょう》ビビったもん」

「…………………え？」

劇場版への分岐点《ぶんき》

「髪《かみ》、切ったんだね、恵《めぐみ》」

「あ〜、うん」

四月初旬《しょじゅん》。

豊ケ崎《とよがさき》学園の、いや、都内のほとんどの学校の始業式の日。

「あ、あのさ、もしかしてそれって、失恋《しつれん》……」

「違《ちが》うから。どっちかって言ったら英梨々《えりり》も関係してるからこれ」

「ご、ごめん……」

その、始業式が始まる前の、ちょっとの空き時間に、屋上から校庭の景色を眺《なが》めている二人の女子。

一人は、久々に戻《もど》ったショートボブの髪を軽く揺《ゆ》らし、少し咎《とが》めるような視線を相手に向け。

もう一人は、その厳《きび》しめの視線を受け、金髪《きんぱつ》ツインテールの長い髪をやはり軽く揺らして視線を落とす。

加藤《かとう》恵と、澤村《さわむら》・スペンサー・英梨々。

一瞬《いっしゅん》壊《こわ》れかけて、そしてなんとか元に戻った親友同士。

「あ、別に謝らなくていいよ。もう〝あのこと〟は気にしないで」

「でも……」

二人が、こうして再びしみじみと会話をするようになるまでには、短い期間の中にも、結構な紆余曲折《うよきょくせつ》があった。

その紆余曲折の内容についてはまぁ、『冴《さ》えない彼女《ヒロイン》の育てかた♭《フラット》』の六話あたりから最終話にかけて詳《くわ》しいのでそちらを参照いただくとして、そんな訳で、二人の間にまだぎこちない空気が漂《ただよ》っているのは、ある意味仕方のないことだった。

「いいんだよ。だって、倫《とも》……安芸《あき》くんが、どうしてもって言うしね」

「とも……？」

「安芸くん」

「…………」

「…………」

「て、ていうか、それちょっと変じゃないかな？　恵」

「え？　何が？」

「だ、だって、倫也《ともや》が頼《たの》んだから許すって……恵の意志で、許してくれたんじゃないの？」

「最終的にはわたしの意志だったけど……でもそれは、安芸くんが許す以上、わたしが許さない理由はないって思ったからだし」

「へ、へぇ、そうなん……」

「だって安芸くん、あんなに大泣きするほど悲しかったのに、それでも、前に進もうとする英梨々の背中を押してあげようって……」

「え？　泣いた？　倫也が？　恵の前で？」

「あ～、今のは〝それほど〟気にしなくていいよ」

「…………」

「…………」

　というかこの二人、本当にこの短期間で親友に戻れているのだろうか……？


「け、けど、倫也、やっぱ、そんなに気にしてた……？」

「え～と、わたしの口からはなんとも」

「って、さっきから十分すぎるくらい恵の口から漏《も》れてきてるんだけど」

「……うん、まぁ、強がってはいたけどね」

「そ、そっか……あたしの前じゃ、笑ってくれてたんだけどなぁ」

「その辺は、これからお互《たが》いにしっかり納得するまで話し合った方がいいと思うよ？　ちょうど同じクラスになったんだし」

「そ、そっか……そうだよね。どうせ、これから毎日、顔合わせるんだもん、ね」

今朝、校庭の掲示板《けいじばん》に貼《は》り出されていた三年のクラス替《が》えにて、英梨々は、豊ヶ崎に来て初めて倫也と同じクラスになった。

「うん、そうだよ……時間は、いくらでも、あるよ」

ちなみに、二人と別のクラスに分かれてしまった恵は、掲示板を見るとすぐ、隣《となり》にいた倫也の反応を盗《ぬす》み見た。

そして、その、困ったような嬉《うれ》しいような寂《さび》しいような安堵《あんど》したような表情と、『とうとう、加藤と別のクラスになっちゃったな……』という言葉を飲み込むのに時間がかかり、そこから数分間動けなかったというのは決して誰《だれ》にも言うつもりはなかった。

「結局、恵とは一度も同じクラスになれなかったね」

「まぁ、同じ学年のコでも、半分以上はそうなるから仕方ないけどね」

「あ〜あ、恵もあたしたちと一緒《いっしょ》のクラスだったら良かったのになぁ……」

「……そうなの？」

「だってさぁ、そしたら、倫也との話し合いのとっかかりになってもらえたのに」

「…………」

「なに？」

「別に……」

そして、クラス替え一つでそんな複雑な感情を抱《いだ》いてしまった恵にとっては、この、肝《かん》心《じん》なところで小学生並みの勘《かん》の鈍《にぶ》さを発揮する英梨々のアレさ……いや純粋《じゅんすい》さに、眩《まぶ》しさと申し訳なさを感じざるを得なかった。

普段《ふだん》から、詩羽《うたは》や倫也に『メインヒロインのくせに感情表現が適当』と腐《くさ》される恵だが、こと英梨々に対してだけは、自分の感情をどう伝えようかという点において、なかなかに苦労が絶えない。

まぁ、だからこそ、その英梨々の、まるで損得考えない純粋さに、憧《あこが》れのような好意を抱いている訳なのだけど。

※　※　※

「それで、さ……サークルの方は、大丈夫《だいじょうぶ》？」

「大丈夫、ちゃんと続けるよ」

「そっか……」

「次回作の企画《きかく》だって、しっかりしたものができてる。去年と比べたら、一か月以上も早い進捗《しんちょく》だよ」

「去年は苦労してたわね……あいつ、素人《しろうと》だから企画書全然仕上げられなくて」

去年のちょうどこの日の、この時間は、英梨々が、たったペラ一枚の、思いつきの企画書もどきを破り捨てた頃《ころ》だった。

「やっと完成したの、ゴールデンウィーク明けだったもんね」

「恵の、頑張《がんば》りでね」

「英梨々がコーディネートしてくれて、霞ヶ丘先輩《かすみがおかせんぱい》が脚本《きゃくほん》書いてくれて」

「けれどそれは、やっぱり、恵が頑張ったからで」

「うん、頑張ったね～……ほんっと、何の意味もなく頑張ってたね、わたし」

「あはは……」

あの時の恵の行動の理由については……多分、お互いにまだ、理解も納得もしきれていない。

ただあの時、巻き込まれただけのはずなのに、意味不明なまでに一生懸命《いっしょうけんめい》な女の子がいて。

その女の子に、訳も分からず引っ張られる形で、二人の女の子までも巻き込まれて。

「だから、また頑張るよ……新しいメンバーも、なんとかアテができたし」

「……まさか、波島出海《はしまいずみ》を加入させるとか言わないわよね？」

「逆に、入ってもらわない理由が思いつかないんだけどなぁ？」

「ぐぬぬ……」

そして今も、その意味不明に一生懸命な女の子に巻き込まれる人たちは後を絶たず……

「あれだけの才能だし、前のサークルやめたって言うし、何より豊ヶ崎に入学してきてくれたし」

「で、でもっ、あいつは敵なのよ？　ついこの前まで『rouge en rouge』であたしたちと張り合ってて……」

「張り合ってたのは、英梨々だけじゃなかったかなぁ？」

「ぐぬぬぬぬ……」

無駄《むだ》に一生懸命な男の子の熱さのせいで、いまいち目立たないけれど……

それでも、彼女の、静かで、目立たない熱さは、そうやって、なんとなく人を惹《ひ》きつけていく。

「ま、まぁ、七兆歩譲《ゆず》って、波島出海をメンバーに加えることだけは許可するけど……」

「けど？」

「いつの間にか波島伊織《いおり》にサークルを乗っ取られないようにね？」

「……出海ちゃんのお兄さん？」

好むと、好まざるとにかかわらず。

「気をつけなさいよ恵？　あいつ、最低最悪のゴロだから……サークルにとっても、女子にとっても」

「でも、まだ入るとも何とも聞いてないけど？」

「来るに決まってるでしょ！　自分がマネジメントしてた妹が入るんだし、あいつも前のサークルやめたって噂《うわさ》が流れてるし」

「やめたの？　でもあの人、『rouge en rouge』の代表だったんじゃ……」

「何より、『blessing software』には、倫也がいるのよ！」

「…………え〜と？」

その英梨々の論理展開は、その時の恵には全くついていけていなかった。

そう、その時までは……

「あいつの倫也への絡《から》み方って、尋常《じんじょう》じゃなくない？」

「まぁ、確かにこだわってるようには見えるけど……」

「波島って、昔からずっとああなのよ。女子とも適当に付き合ったりもしてたけど、本気で興味あるの倫也だけって感じで」

「いくらなんでも気のせいじゃ？」

「いいえ、これは同人作家の……じゃなくて、中学時代からの同級生のカンよ！」

「え、え～？」

「だいたい、あいつの今のポジションはヤバいわ。かつての最大の強敵が味方になるとか……これってヒュ○ケルよ？　フェ○ックス○輝《き》よ？　べ○ータよ？」

「ごめん英梨々それはさすがについていけないよ。ネタの濃《こ》さ的にも年代的にも」

どうしてこのネタが濃くて古いとわかっているのかについては、とりあえず置いておくとして……

「これって、カップリングの格好のネタじゃない！」

「やっぱり同級生じゃなくて同人作家のカンなんだね……」

それでも恵は、英梨々のその剣幕《けんまく》に、微妙《びみょう》に嫌《いや》な胸騒《むなさわ》ぎを覚えた。

さらに……

「それに……もしもあいつが加入した場合、一番ヤバいのは、恵なのよ？」

「…………え？」

「だってそうじゃない。あいつが担当するのは、プロデュースとかディレクションとか、要するに代表である倫也の補佐《ほさ》……つまり恵、あんたのポジションとだだ被《かぶ》りなのよ！」

「………………え、え～？」

英梨々の、やっぱり根拠《こんきょ》は薄《うす》いながらも力強さだけは感じられる決めつけに……

恵のツッコミは、なんとかフラットを保ちつつも、それでも微妙に喉《のど》の奥で震《ふる》えていた。

「そんな訳だから……波島伊織には気をつけなさい、恵」

「そ、そういうふうに、身内で揉《も》めるの嫌なんだけどなぁ……サークルメンバーになるなら、仲良くやれた方が」

「甘いわ恵……名古屋《なごや》の某喫茶店《ぼうきつさ》の看板メニュー、甘口○茶小○スパと同じくらい激甘！」

「ごめん英梨々その喩《たと》えわかりにくいって」

そのメニューについては、甘さよりもその料理の存在そのものが問題だということを巧《こう》妙《みょう》に隠《かく》しつつ、英梨々は恵の瞳《ひとみ》を見つめ、さらに力と心を込める。

「それにね恵……これは、あたしの頼《たの》みでもあるの」

「あ……」

「あたし、恵のことだけじゃなく、倫也のことも心配なの……あいつが、あの同人ゴロの考え方に染まらないよう、恵が、倫也を守ってあげて欲しいの」

「そっか……英梨々の、ためなんだ……」

「そうなの！」

その、『英梨々のため』という、恵にとっての〝免罪符《めんざいふ》〟は……

「わかった、英梨々……わたし、『あなたのために』気をつけるね」

「ありがとう、恵……っ」

それはもう、気持ちいいくらいに都合よく、恵の懸念《けねん》を晴らしてくれた。

まぁ、そんな普通の女の子の心の機微《きび》なぞ、〝ある意味〟純粋な英梨々には、さっぱりわからなかったけれど。

※　※　※

「英梨々の方は、どう？　お仕事、始まったんでしょう？」

「まぁねぇ……」

二人の、記念すべき仲直りの日から、英梨々の初商業進出となる『フィールズクロニクルⅩⅢ』のプロジェクトは動き出していた。

「すっごく大きい企画で、世間の注目もすごくて、ついでに、上司がちょっとアレって聞いたんだけど……」

「う～ん、確かにそれ、全部否定できないけどね～」

それは、大手ゲーム制作会社マルズの、二〇年も続く人気ＲＰＧシリーズの最新作で。

しかも、今回の企画を主導するのは、超《ちょう》人気クリエイターの紅坂朱音《こうさかあかね》で。

ついでに言えば、その紅坂朱音という人物は、ファンからの高い評価に反して、売れるためなら手段を選ばず、作品スタッフにとてつもなく高い要求を突《つ》きつけるとか、ボロ雑《ぞう》巾《きん》のように使い捨てるとか、それはもう、業界内の評判が芳《かんば》しくなかったりして。

「でも、大丈夫だよ」

それでも英梨々は、眼下に広がる街の風景を眺《なが》めつつ、力強い言葉を恵に返す。

「確かに酷《ひど》い奴《やつ》だけど、こっちを人間扱《あつか》いしてくれないけど、そもそもあっちは人間じゃないけど、それでも、戦っていくから……」

「それ全然大丈夫じゃなくない？」

「ううん大丈夫……あたしは、描けるなら、負けないから」

その時の英梨々の表情は、自信に満ち、夢見がちで、けれど、少し寂《さび》しそうで。

「だって、今のあたしの絵は、紅坂朱音にだって負けない」

それは今、覚醒《かくせい》した自分の能力が、他のクリエイターと激しい化学反応を起こしかけている現実を楽しむように。

「ううん、イラストレーターが、漫画家《まんがか》に絵で負けたら、存在意義がない」

それは未来、自分の手掛《てが》ける作品が世に出るであろう日の、世間の驚愕《きようがく》と賞賛を思い描《えが》くように。

「だから、せめて絵でだけは、あの怪物《かいぶつ》にだって負ける訳にはいかない」

そして過去……あの、描けなかった、辛《つら》く、悲しく、けれど優しかった日々を、懐《なつ》かしむように。


「何より、あたしには霞ヶ丘詩羽が……霞詩子《かすみうたこ》が、いる」

その言葉を発した瞬間《しゆんかん》の、英梨々の、様々な感情を吹《ふ》っ切った、清々《すがすが》しい凛々《りり》しさを、恵は見逃《みのが》さず。

「いけ好かなくて、毒舌で、真っ黒なあの女が、隣《となり》にいる」

そして、その言葉を聞いた瞬間の、恵の、様々な感情が湧《わ》き出した、生々しい寂しさを、英梨々は、やっぱり見逃して。

「だから、怖《こわ》くない、大丈夫《だいじょうぶ》……」

「……霞ヶ丘先輩《せんぱい》のこと、本当に、信頼《しんらい》してるんだね」

「そういうんじゃない！　あいつは免疫《めんえき》をつけるための毒よ！　予防注射よ！　紅坂朱音に対抗《たいこう》するには、あの黒さが必要なのよ！」

「ふふ、そうだね、それでいいね……ううん、それがいいね」

だからその時、その想《おも》いと共に恵がこぼした軽い笑みは、彼女らしい薄さと、彼女らしくない複雑さが同居してた。

だって彼女は今、倫也がかつて抱《いだ》いた自分の無力さを、数日のタイムラグを経《へ》て、抱いてしまったのだから。

夢を追う同志にはなれない、夢を応援《おうえん》する親友としての、自分の立ち位置を。

「英梨々は、霞ヶ丘先輩と一緒《いっしょ》にやっていく。サークルは、わたしと安芸くんで頑張《がんば》る」

「……なんか、どっちもデコボココンビね」

「そうやって、お互《たが》いに欠けたところがある方がうまくいくんだよ……」

けれど、恵がそのことに感じるのは、寂しさだけではなくて。

「……恵と倫也も？」

なぜなら、恵は、英梨々の同志にはなれなかったけれど、それでも、同志になれる人がいるから。

「ま、わたしたちに関しては、英梨々たちに見捨てられないくらいには、そこそこ一生懸《けん》命《めい》、頑張ってみるよ」

英梨々や詩羽が心の底からなりたくて、けれどどうしてもなれなかった相手のパートナーに、なれる資格が、自分だけにあるから。

「……そっちは、別にそんなに心配してないんだけどね」

「あ〜、そ〜ですか〜」

恵は、その時英梨々が指した『そっちじゃないあっち』について、明らかに何のことかわかっていそうな、すっとぼけた反応を返した。

だから結局、『わかっていたらどうするつもりなのか』については、真相は闇《やみ》の……いや、恵の中にだけ存在するままで。

それは、自分が感じた寂しさへの仕返しなのか。

それとも、英梨々に対しての配慮《はいりょ》なのか、遠慮なのか。

でも、配慮や遠慮をするということは、それはつまり……？

※　※　※

「そろそろ、始業式始まるね」

「そうね」

恵が指差した、校舎と体育館を繋《つな》ぐ通路に、ぞろぞろと人が溢《あふ》れ始めていた。

時計を見ると、開始時刻の午前九時まで、あと五分ほどに迫《せま》っている。

「行こうか、英梨々」

「うん、行こう恵」


だから、二人は、歩き出していく。

それは、始業式へと、だけじゃなく。

三年生へと、だけじゃなく。

他の未来《原作》と違《ちが》う、未だ見えない、初めて進んでいく《劇場版への》道へと。

彼女たちの決別と修復が、素早く、平和裏《り》に、そして少しだけ裏を見せないまま終結したことで、世界は、少しだけ変わった。

そこには、想像していたものとは違う苦難があるかもしれない。

思いもよらぬ選択《せんたく》や、信じられない結果が待っているかもしれない。


「あ……」

「どしたの恵？」

「あれ、安芸くんじゃないかな？」

「え、どこどこ？」

「ほらあそこ。体育館から出てきて、校舎の方に戻《もど》ってる……」

「あ、本当だ、何やってんのよあいつ」

「一人だけ、みんなと逆方向に行ってるね」

「しかも、あんなに慌《あわ》てて……」

「どうしたのかな？　忘れ物かな？」

「始業式に用意するものなんかないでしょ」

「じゃあ、人捜《さが》し？」

「それこそ、誰《だれ》を捜してんだか……あ」

「…………」

「…………」

「英梨々、じゃないかな？」

「い、いや、恵、じゃない？」

「けど、今同じクラスなの、英梨々だし」

「で、でも、恵とは二年間同じクラスだったし」

「とはいっても、わたし、普通に話すようになったの、二年生からだし」

「でもあたしも、何年も話してなかったし」

「でもわたし、英梨々と違って、安芸くんに心配されたことなんかないよ？」

「…………」

「…………」

「そうだね、やっぱ、倫也が探してるの、あたしかも」

「あ〜、でも、そんなこともないなぁ……わたしだとしても全然おかしくないかも」

「ちょっと恵！　なんでいきなり前言撤回《てっかい》すんのよ⁉」

「いやほら、この前、安芸くんとちょっと距離《きょり》を置いた時、だいぶ気にしてたみたいだし。わたしのこと」

「それはあんたが根に持ち過ぎるからでしょ！　だいたい、ちょっととか言いつつ二か月もシカトするなんて大人気《おとなげ》ないにも程があるわよ！」

「英梨々に大人気ないって言われたくないなぁ。だいたい、そこまで気にしなくてもいいじゃない。別にどっちのことを捜してても、どうでもいいよ」

「だったら『あたしを捜してる』で丸く収めりゃいいでしょ」

「…………ん～、わかった。それでいいよ、それで」

「だからぁ！　何でそんなに嫌《いや》そうなのよ!?」

……ま、実際、そこまで大きく変わる気はしないけどね。

あとがき

どうも、丸戸《まると》です。『冴《さ》えない彼女《ヒロイン》の育《そだ》てかた』、ファンディスクの第二弾《だいにだん》（以下ＦＤ２）をここにお届けいたします。

今回収録されている作品群は、ＴＶアニメ第一期、第二期のＢＤ／ＤＶＤパッケージに封入《ふうにゅう》された特典小説に、ほんの一本だけ書き下ろし短編を加えたものになります。

いや本来なら数本書いたり中編書いたりして、もっと書き下ろしの比率を増やしても良かったんですが、思いの外《ほか》特典小説の量が多くて収録する余地がなく……いや本当ですよ？　なんなら編集部にコメント出していただきましょうか？　まぁそんなこと頼《たの》んだら『なら全編書き下ろしの冴えカノ新刊出すか？　お？』と凄《すご》まれるのでこの話はここでおしまいということで。

と、まぁ、それはともかく、今回の作品群を書いた当時は、当然、アニメ放映時期とモロ被《かぶ》りしており、『やっとのことで脚本《きゃくほん》書き終わったと思ったら今度は特典小説かよ！』と怨嗟《えんさ》の叫《さけ》びを上げていた訳なのですが、酒の席でそんな愚痴《ぐち》を聞いていた深崎《みさき》さんに『僕は毎月のパッケージ表紙描《か》き下ろしに加えてショップ特典描き下ろしがありますが何か』

と返されたことも今となっては懐《なつ》かしい思い出です。

という訳で、今回のFD2の内容についての言及《げんきゅう》は（再録多数なので）割愛《かつあい》し、昨年末の劇場版制作決定発表以来、ようやく公開された続報について……

ファンタジア文庫大感謝祭二〇一八で発表された通り、タイトルを『冴えない彼女《ヒロイン》の育てかた Fine《フィーネ》』といいます。

Fine《フィーネ》とは、第二期の♭《フラット》に続く音楽記号シリーズで、意味は……まぁ調べていただければすぐ察していただけるかと思いますが、そういうことです。

公開時期はそこそこ先ですが、その間も頑張《がんば》って展開していくので（主にアニプレさんとKADOKAWAさんが）、この、Fineなお祭りにお付き合いいただければ幸いです。

では今回はあとがきページ数も少ないので、最後に謝辞を。

深崎さん、ここにきてまた新キャラのデザインお願いして申し訳ありませんでした。ちなみに〝彼女〟が現在住んでいる浜松《はままつ》は、元々加藤《かとう》家の本籍《ほんせき》がある地方でして、恵《めぐみ》の『怒《おこ》れてきちゃう』はその地方独特の言い回しだという裏設定があるのですが、今更《いまさら》説明してもどうしようもないですね。

それでは、次に会うのはいつかわかりませんが、とりあえず劇場版で。

二〇一八年、晩秋　　丸戸史明《ふみあき》

【初出】

本書はＴＶアニメ『冴えない彼女の育てかた』、『冴えない彼女の育てかた♭』の Blu-ray & DVD 完全生産限定版特典の小説に修正、書き下ろしを加えたものです。

お便りはこちらまで

〒一〇二―八〇七八
ファンタジア文庫編集部気付
丸戸史明（様）宛
深崎暮人（様）宛

富士見ファンタジア文庫

冴《さ》えない彼女《ヒロイン》の育《そだ》てかたＦＤ《ファンディスク》２

平成30年11月20日　初版発行

著者――丸戸史明《まるとふみあき》

発行者――三坂泰二

発　行――株式会社KADOKAWA
〒102-8177
東京都千代田区富士見2-13-3
0570-002-301（ナビダイヤル）

印刷所――暁印刷

製本所――BBC

※定価はカバーに表示してあります。
KADOKAWA　カスタマーサポート
［電話］0570-002-301（土日祝日を除く11時～13時、14時～17時）
［WEB］https://www.kadokawa.co.jp/（「お問い合わせ」へお進みください）
※製造不良品につきましては上記窓口にて承ります。
※記述・収録内容を超えるご質問にはお答えできない場合があります。
※サポートは日本国内に限らせていただきます。

ISBN978-4-04-072944-2 C0193

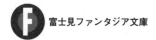

第32回
切り拓け！キミだけの王道
ファンタジア大賞
原稿募集中!
……アナタにしか書けない物語を待ってるわ!……
〈大賞〉
300万円
〈金賞〉50万円
〈銀賞〉30万円
選考委員
葵せきな「ゲーマーズ!」
×
石踏一榮「ハイスクールD×D」
×
橘公司「デート・ア・ライブ」
×
ファンタジア文庫編集長
〈後期〉
締め切り
2019年
2月末日
応募の詳細は
大賞WEBサイトをチェック!
https://www.fantasiataisho.com/
イラスト:みやま零